U0002846

愛很好，也很壞

華文小說新一代
ＯＬ心聲代言人

雪倫 著

平凡如我們，總得在愛錯好多人之後，
才明白愛從來沒有道理。

熱門女性網站
女人迷/womany.net共同創辦人 張瑋軒／二小姐 傾心推薦

〔推薦序〕

相信愛情，是無可救藥的美好

第一次為一個跟我一樣書寫愛情的人寫序，感覺很微妙。

喜歡二小姐的人都知道，我向來不寫那些男人不能碰，或哪些女人就如何如何的文章，因為我素來相信，愛情是絕對個人也絕對私密的感受。誰或誰的感受，怎麼能夠有個普世的價值判斷。譬如壞男人，可你就這樣偏偏愛上，那些壞，其實都成為一種好，身為描寫愛情的人，又如何能道貌岸然的說不該愛呢？

於是，身為寫字人，我們只能陪伴。

在夜裡靜靜地寫著，用文字陪伴你的痴，用字字句句溫暖你一次一次被傷透的心，記憶我們共同受過的傷，流過的淚。

愛情嘛，有時候想想可笑，怎麼總是讓人幸福得像擁有一盒吃也吃不完的糖，卻也又有時，讓我們卑微得像粒砂，突然間心空蕩蕩的，只想飄向他曾經所有經過的，那怕只是他腳底踩過的塵土一樣。在愛情裡，我們總想驕傲，卻總難以驕傲。就像愛情，其實總是很好，很甜，很美，卻也很壞，總是很苦，很酸，很難琢磨。

雪倫寫的是一個故事，不同女人面對感情的故事。也許很像你的，也許很像她的，也或著有點像我的？故事的結局其實不是重點，重點是那份為了愛嘗試、迷惑的過程。雪倫寫出一份愛情，愛情的過程。那段我們往往想要抗拒愛上，卻又情不自禁、無法自拔的過程。

愛情究竟是什麼？有千萬個人可以告訴你，關於愛情的瘋狂、可愛、迷人之處，但終究，最後還是得自己愛過了，才能夠懂得。

愛情，很好。也很壞。

很壞的最後，其實也還是很好。

張瑋軒／二小姐

〔作者序〕

別說自己不懂愛

為什麼我不會談戀愛？

有人問過我這個問題。而我也曾經問過自己：那些失敗的愛情是怎麼發生的？是對方有問題，還是我有問題？還是這段感情本來就有問題，只是當下愛牽制住理智，使我們看不到問題，分手時，才發現處處都是問題。

談過幾次戀愛，反覆經歷分手，受了傷，總是免不了思考著：是不是我不會談戀愛所以才變成這樣，老是不停地戀愛，又不停地分手、不停地受傷？

其實，我們真的都不會談戀愛。

畢竟戀愛不是套公式就可以運算出結果，也不是照著規則走就有正確答案。每一次開始的方式都不同，結束的方式也不一樣。可是我們總不停地責怪自己，猜測對方的離開，是不是自己的錯。

年紀輕的時候，會認為是自己的錯，現在覺得那不是錯。以前覺得是自己不會談戀愛，現在覺得戀愛談不好也不會怎麼樣。兩個人幸福當然很好，分開也不是壞事。被甩，並不代表自己不好。戀愛不就是這樣，不是你甩掉別人，就是別人甩掉你，最常用的官方說法是：我們和平分手了。

愛情結束就是結束了，跟會不會談戀愛沒有關係，差別只在於不同的時間遇到不同的人，碰撞出不同的火花而已。

有時是曇花一現，快得連一點記憶都來不及留下。有時即使只是一點小火光，也能溫暖你很久。

不要覺得自己不會談戀愛，因為在愛情這個領域上，沒有達人。

雪倫

想學會「愛」這件事，需要付出多少？又需要經歷些什麼？

我不知道。

即便談過幾次戀愛，我依然不明白「愛」是什麼。

是的……

我想，我不懂「愛」。

常常想起小時候那段日子。我老是在跟奶奶身後，當隻迷你跟屁蟲，搬一張小椅子坐在奶奶旁邊，看著她踩著裁縫車。

我喜歡聽奶奶說話的聲音，溫柔又非常有魅力，好像一股暖流，從耳朵竄進去，再緩緩注入我心裡，熱烘烘的。奶奶一邊工作時，我就愛吵著要她一邊說故事給我聽。

那是我小時候最大的樂趣。

有時候我們會聊到爺爺，有時候會聊到其他人。可是我印象最深刻的，不是她和爺爺的有情人終成眷屬，而是她和第三任男朋友的愛情故事。他們彼此深深相愛，最後卻敗給了時間和距離。

我覺得好可惜，奶奶卻微笑著對我說：「人活著，不是爲了對走過的路感到遺憾，而是要享受正在前進的方向。如果花太多時間在遺憾，就會忘了要去享受當下了。」

所以，我每天都很享受早上十點起床開店的時刻。

當我按下鐵捲門開關，看著它緩緩上升，陽光慢慢透進來灑在我身上，身子漸漸暖起來，有了陽光的味道，讓人一早就心情舒暢。我總愛隔著玻璃，看外面街道上人群來來往往的樣子。

然後我會愉快地露出笑容，因爲發現這個世界上，還有很多人和平凡的我一樣，過著平凡的日子，並且因爲這一點點平凡，覺得自己還算幸福。

對面楊媽媽的早餐店開始在做清掃的工作，楊媽媽邊打掃還邊叨唸手裡拿著食物的楊爸爸，「吃吃吃，看看你的肚子，膽固醇愈來愈高。」但楊爸爸手上拿的起司蛋餅，正是楊媽媽親手做的。

賣水果的劉奶奶抱著孫子坐在攤子後面，拿了把扇子搧啊搧的。劉奶奶開始打瞌睡，懷裡的孫子拿著餅乾含在口中，也跟著奶奶邊吃邊打瞌睡，口水就一路從嘴巴流到胸前，再流到褲子上。我猜如果他繼續維持這個姿勢不動，口水最後可能會流到太平洋去。

數十年如一日推著小車子賣豆花的張伯伯，正從我面前走過，像是算好了時間一樣，他轉過頭來對我笑了笑，我也笑著對他點點頭。他指指車子，用口型問我要不要吃豆花，我搖搖頭，謝謝他的好意。

走到倉庫拿出掃把開始掃地板，再用報紙擦一擦鑲在白色木門上的玻璃，接著幫店裡四處放置的盆栽澆澆水，把展示架上的衣服重新疊好排列整齊。

開了門，我走到外面去，用抹布擦去一旁白色木質招牌上的灰塵，招牌上「KeDingTie X Clothing」的字樣變得更清楚。我很滿意地點了點頭，一走進店裡，昨天又加班到十二點的妹妹剛好下樓。

「姊，我去公司了，今天晚上有日本客戶要來，回到家可能凌晨一兩點了。」定嫻拿著包包，穿著一件白色無袖襯衫，配上紅色雪紡紗材質的不規則長裙，腳上又踩了五吋的紅色高跟鞋。每次細細看她，我都忍不住讚嘆：我的妹妹爲什麼會正成這樣？

正到有一種無法無天的感覺。

定嫻看我沒有反應，又開口問：「我這樣搭配很奇怪嗎？妳把裙子做得太漂亮，我都不會搭了。」

我笑了笑，「一點都不奇怪，超美的。」

她安心地點點頭，接著說：「那我走囉，對了，叫柯定琦給我小心一點，昨天打電動打到半夜三點，再這樣下去我一定會扔了她那台電腦。我才不管她那台電腦配備有多好，我就是……」

沒讓她說完，我趕緊說好，「晚上回家自己小心一點。」如果再讓她繼續抱怨小妹，我看她今天也不用去公司了。

她點了點頭，踩著高跟鞋轉身離去。

看著定嫻的背影，我其實是心疼的。雖然我們相差一歲，但事實上，她比我更像姊姊。小時候，每次爸媽吵架，我們就會躲在房間裡。我害怕地抱著定嫻，動也不敢動，也不敢哭，而她總是什麼都不說，只是拍拍我的背。

後來爸媽吵得凶了，甚至會出手打架。她就會打電話給奶奶，奶奶再到家裡來接我們離開，讓爸媽繼續吵。我忘了從什麼時候開始，定嫻就不再叫爸媽了，我八歲那一年，爸媽終於離婚，他們不像其他的父母會問自己的小孩，「你們想跟誰住？」而是直接說：「以後妳們就跟奶奶住吧！」

我想，這也是另一種程度的拋棄吧！

我一直記得那一天，小我一歲的定嫻臉上沒有任何表情地對我說：「現在開始，我沒有爸爸和媽媽。」

原來她比我想像的更受傷。

然而奶奶對我們的照顧，並沒有讓我覺得失去爸媽就好像失去全世界。奶奶會在假日帶著我們兩個去探險，我們會搭乘台北市公車四處晃。學校的活動，奶奶也都會到場參加。我想我的童年只是失去了兩個叫做爸爸和媽媽的人，但我還是非常快樂。

沒想到，過沒多久，爸媽又牽著手走到我們面前，說想再努力一起生活看看，因爲媽媽的肚子裡又有了另外一個妹妹。可是我和定嫻已經不想再回去和他們一起生活，所以我們還是繼續和奶奶住。

定琦出生後沒多久，爸媽又開始吵架，於是定琦也被奶奶接了過來。爸媽再度分開，爸爸後來去了香港工作，媽媽另外再婚，目前和先生定居在上海。

定嫻曾經指著嬰兒床上的定琦問奶奶，「他們不愛她，爲什麼還要把她生下來？」

奶奶摸著定嫻的頭說：「小嫻，不要怪爸媽，他們不是不愛妳們，只是他們更愛自己。可是奶奶很感謝妳爸媽，如果沒有他們，我怎麼可能和妳們這樣一起生活？奶奶一直覺得很幸福啊，難道妳們不想遇見奶奶嗎？」

從那個時候開始，我明白了一件事：我們會被拋棄，但也同樣會被期待。會遇見痛苦，也肯定會遇見幸福。

雖然我們不知道需要走多長的路，或者得拐幾個彎，幸福才到來。

就在我高中畢業典禮那天，早上起床，我發現廚房的餐桌上沒有熱騰騰的早餐。疑惑地走到奶奶房間，看到她還躺在床上睡覺，於是我走到床邊，想要叫醒她，卻怎麼叫也叫不醒。我愣在原地，恐慌朝我襲捲而來。我全身僵硬得動也不能動，呼吸變得困難，腦袋完全空白。唯一有印象的，就是碰到奶奶身體時從指尖傳來的冰涼感，還有她臉上那一抹幸福的笑容。

連離開都這樣笑著呢，奶奶。

遇見我們，妳眞的這麼幸福嗎？我都還來不及告訴妳，我們也很幸福。因爲幸福，所以送奶奶離開時，我一直忍住沒有哭。就算我眞的很想哭，我也沒有掉下一滴眼淚。但從那個時候開始，我就忘了該怎麼哭，淚腺好像被什麼堵住一樣，怎麼也哭不出來。和定嫻一起看電影、看韓劇，我永遠是幫她抽衛生紙的那個人。

「妳不覺得很感動嗎？」定嫻都會這樣問我。

我點點頭，眞的很感動，只是不管心裡有多麼激動，我都哭不出來。

喪禮結束那一天，爸爸問我們要不要和他去香港，我們拒絕了。媽媽臉上帶著難色接著問：「還是要去上海？我想叔叔是不會介意的。」

我也馬上拒絕了媽媽。因爲我們介意。

奶奶說得沒錯，我的爸媽比較愛他們自己，所以定嫻和定琦讓我來愛就好。最後的協議，就是先把我們三個人的監護權轉移到住附近的小阿姨身上，反正再過幾個月我就成年了。

於是十九歲的我和十八歲的定嫻，帶著十歲的定琦，三個人留在奶奶給我們的房子裡生活。小阿姨有時間會公式化地來看看我們，爸媽每個月也會固定匯生活費。但過不久，爸爸打電話來，說他在香港的工作不順利，可能沒辦法繼續匯零用錢給我們。媽媽也打電話來，說因爲家裡開銷大，又多了新的弟弟，所以對我們很抱歉。

其實不需要抱歉，因爲早就無所謂了。

奶奶以前是幫人家修改衣服的，從小我跟在她身邊晃，也學了不少。於是我就用奶奶留下來的縫紉機幫人家修改衣服、換拉鍊賺取生活費，定嫻則是去打工。但我們的生活仍然入不敷出，再加上我大學念的是服裝設計，材料費是很大的開銷，最後我決定休學去工作。

可是，工作實在很不好找，再加上大學沒有畢業，找工作變得更困難。定嫻便建議把房子的一樓改成店面，我可以做我喜歡的衣服來賣，也順便幫人家修改衣服，我們的店就這麼開了。

爲了節省開店的支出，店裡由我自己油漆裝潢，以白色爲基底，粉刷了兩天才完工。不得不說，白色眞的是最省錢也最美麗的顏色了。接下來再去跳蚤市場找一些二手傢俱，稍微整修一下，幫它們做些新衣服，就和買新的沒有什麼兩樣。

隔壁王媽媽整修浴室不要的舊浴缸被我拿來養魚。我有兩條金魚，一條是全身金色的叫小金，另一條全身白色的就叫小銀。

我不忙的時候，偶爾會和牠們聊聊天，聊天氣、聊近況、聊心事。

店面前半部是展示衣服及招待客人的區域，用櫃檯來分隔，後半部改了一個大型裁板桌，用來畫衣服的版型和裁剪衣服。旁邊放了兩台縫紉機，一台是奶奶留下來的，另一台是近幾年買的，還有兩三個人型模特兒和幾匹布。

完工的那一天，定嫻摟著我的肩膀說：「姊，妳辛苦了。」

看著自己一手打造的店，我心裡激動得不知道該怎麼辦。我以爲我會哭，可是我沒有，就是情緒好亢奮，一直好開心，然後失眠了一個晚上都沒有睡。

開店的前幾個月幾乎都是靠修改衣服過日子，沒有人買我的衣服。我想，也許是我太高估自己了，沒有考慮到，設計這回事是大家都喜歡才會有價值。

我一度想要放棄，定嫻卻不准。她開始穿著我做的衣服去上課、去打工。可能是有她這個行動模特兒加持，漸漸地，愈來愈多人來店裡逛，生意也愈來愈好，日子總算好過了一點。

就這樣過了八年了，不算長也不算短的八年，讓我變成二十九歲的八年。看著店裡的每一個角落，都有說不完的故事。

就像奶奶總會拿著某一樣東西發呆，有時候是剪刀、有時候是鞋子、有時候是手環。問奶奶在想什麼，她總是笑著對我說：「我在回憶和它的過去。」

我坐在奶奶旁邊，看著她墜入回憶裡那幸福的樣子，好羨慕。

「媽的，柯定鐵，妳一大早又活在自己的世界了？」雪兒推開玻璃門，看到我的第一句話就不是很乾淨。

我回過神，抬起頭看見她從門口進來。

她綁著馬尾，身穿鐵灰色套裝配上一雙白色運動鞋，手裡拿著我五年前做給她的生日禮物——一只藍色帆布包。另一隻手拿了一雙黑色高跟鞋，手指又夾著一個牛皮紙袋。雪兒身高有一七五公分，喜歡各種運動。不知道是不是以前和男生混在一起打球久了的關係，連講話都很男生，她每要開始說一句話，開頭都無條件要加個「幹」。

她說這樣「很有感覺」，但我一直不懂到底是什麼感覺。

我曾經試著要體會，但我一說出口，雪兒就搖頭對我說：「停，妳沒有那個慧根。」原來罵髒話也是需要天分的。

「妳打完卡了？」我看著她問。

雪兒是知名保險公司的業務員，每次去公司打卡開完早會後，就會跑來我這裡晃晃，有時候一待就是一整天。

「幹，早打完了，是經理一直拉著我講他的世紀大道理，什麼要怎樣讓客人買保險，我們保險從業員要怎樣又怎樣。男人活到四五十歲只剩那一張嘴，眞的很悲哀。」雪兒煩躁地把牛皮紙袋放在櫃檯，脫掉套裝的外套，窄裙往上拉一點，姿勢很不雅地坐在客人休息的米色沙發上，一臉很舒服地伸著懶腰說：「講好了喔！我結婚的時候，妳這套沙發要送給我當嫁妝喔！」

我笑了笑，回答她，「好。」

當初我在二手市場看到這套L型沙發時，開心得想要抱著老闆來幾個充滿少女情懷的轉圈圈。但老闆娘在旁邊，我怕她不賣我，只好作罷。

老闆本來已經打算把它送去回收場了，因爲在店裡已經放了五年，都沒人對它有興趣，我是第一個問起它的人。於是，老闆用了定價的十分之一賣給我，還幫我送到家。我幫它修補了一下皮面，做了沙發套。它其實只是有些地方稍微損壞了，但一坐上去就能感受它的品質，又柔軟又舒服。有時候晚上忙到凌晨，累得沒力氣上樓，我都直接躺在這張沙發上睡，它陪我的時間比我的床還要多。

「對了，那份保單幫我交給定嫻，她老闆的。」雪兒指著櫃檯上的牛皮紙袋對我說：「還好有定嫻，三不五時幫我介紹好客人，不然我眞的要餓死了。」定嫻在大企業裡擔任祕書，人脈滿廣的，常常幫雪兒介紹客戶。

雖然這樣說，但我覺得雪兒自己還是非常努力。她是一個很熱心的人，記得有一次客戶發生了車禍，她除了幫客戶辦理理賠的事宜，還接送客戶的女兒上下課長達一個月的時間，只因爲那個客戶是辛苦的單親媽媽。

所以，就算沒有定孅幫她介紹，她光靠客戶間的口碑，業績就好得不得了，不然哪能打完卡就離開公司亂晃。

奶奶常說，運氣也許會讓你開心一陣子，但不會讓你快樂一輩子。人生啊，不努力還是不行的。

收好保單，我從倉庫裡搬出兩匹布，準備照昨天晚上畫好的設計稿做出幾件樣本。

雪兒坐在沙發上，一隻手撐著下巴，另一隻手挖著她的耳朵，看著我說：「幹，柯定鐵，我眞的覺得妳人生充滿反轉的戲劇張力。」

我把布放在櫃檯後的裁板桌上，好奇地問她，「什麼意思？」

「妳那麼矮又營養不良，長得又特別好欺負，怎麼會叫柯定鐵這種名字？而且妳力氣怎麼會那麼大啊？不是釘櫃子就是刷油漆，還會修屋頂。妳如果不做衣服，可以去蓋房子了。」雪兒劈里啪啦講了一大串。

我沒有理她，反正從我們小時候認識到現在，這些疑問她只要想到就會不時拿出來講一講。

會叫柯定鐵也不是我願意的。那時候算命的就說我不好養，說我命裡缺金，所以奶奶帶我去認三太子當乾爹，我名字是三太子幫我取的，說柯定鐵這個名字，以後是當總統大官的命。

我眞的沒有想當總統的意思，倒是很感謝三太子乾爹沒有叫我柯定金。

「妳吃早餐了嗎？」我問著雪兒，再從小抽屜裡拿出粉片。

「當然還沒啊，我快餓死了，康道元不是說他要過來嗎？我本來要買早餐的，是他在ＡＰＰ的群組聊天室裡傳訊息，說昨天做了新的小菜，早上會拿過來給我們試。妳看看現在幾點，都要中午了，還早上呢！」雪兒愈說愈生氣，臉愈來愈漲紅。

我臉上露出疑問的表情，什麼訊息？

「幹，不要跟我說妳沒看到訊息，媽的柯定鐵妳可不可以不要活在自己的世界，手機是拿來幹麼的？」雪兒火大地衝到我面前，手上還拿著她的高跟鞋。我眞的很怕她失控拿高跟鞋敲我，只好緩緩地退後一步。

我是一個不太常用手機的人，有時候一忙起來，三天不碰手機也有可能。因爲要找我的人，大多會直接撥店裡的電話。直到上個月，我的手機還是那種單色螢幕的摺疊機，是雪兒和道元受不了，一起送了我一支智慧型手機，可是到現在我還不太會用。

我懦弱地說：「好啦，我等等上去拿手機。」

「妳可以再扯一點。」雪兒轉身回到沙發上坐好。剛好道元從門口走了進來，我鬆一口氣，這種活下來的感覺眞好。

但道元就有一點可憐，掃到颱風尾。「媽的康道元！可以請問一下你是過哪個國家的時間嗎？都快十一點了。」

道元比我還要習慣雪兒的咆哮，只是笑了笑，然後熟練地將提來的袋子放在桌子上，拿出裡面的保鮮盒，打開後一個一個放好，遞了一雙筷子給雪兒，再拿一疊衛生紙塞在她手裡。因爲雪兒吃東西會掉得滿地都是，我們都說她嘴巴有洞。

道元也遞了一雙筷子給我，對我說：「那個涼拌牛肚妳不要吃，會辣，那個養生沙拉多吃一點，對眼睛好。」

我點了點頭，感謝道元的貼心。

「其實如果沒有客人預約，妳也不一定要開店啊，感冒不是才剛痊癒，有時間就多休息一下。這瓶維他命妳記得每天早上起床空腹吃一顆。」他邊唸又邊放了一瓶維他命在我面前。

我苦笑，接過維他命。眞的很不愛跟這種營養食品打交道，但如果我不吃，道元一定又要聯合雪兒禁止我每天開店。之前生意開始有起色時，從設計、製作、包裝到販賣，我都一個人包下來，結果就這樣累出病。後來和大家討論過，爲了讓我不用每天開店，決定改爲個人工作室的方式經營，想要客製或購買的客人可以先來電預約。

話是這樣說，我還是幾乎每天開店。有時候一整天都沒有客人預約，甚至沒有路過的人進來也沒關係，只要在這間店裡，聞著衣服的味道，我就覺得很開心。

道元和雪兒都是和我一塊長大的鄰居，我搬到奶奶家之後，最先認識的就是他們，因爲同年紀，很快就混熟玩在一起，我們還會一起上下課。

一直到高中畢業，我們都是同班同學。

奶奶過世沒多久，雪兒他們家就搬走了，後來道元他們家也搬到附近新建的社區，雖然如此，我們的感情還是非常好。定嫻常說，就算雪兒搬到南極，道元搬到北極，我們都是鐵三角。

我的人生眞的離不開金屬類。

道元也是一個很妙的人，他看起來就應該是坐在辦公桌前簽公文的人，像經理啊、

ＣＥＯ那種角色。他是最高學府畢業的，是定嫺的學長，不少知名企業都對他很有興趣。當時他一畢業二話不說就去偷偷去當兵，連我和雪兒都不知道，後來康伯伯告訴我們，我們才曉得。

去新訓中心看他時，他被雪兒追著打，因爲不夠義氣。

退伍的那一年，他馬上就考取研究所。有時候我覺得他的腦子有一點變態，太過聰明了。去年他研究所畢業，大家都以爲他會進大公司工作，沒想到他卻對康伯伯說要接下家裡經營的傳統火鍋店。

康伯伯本來打算退休收掉火鍋店，希望兒子可以去大公司上班賺錢，結果道元來這一招，氣得康伯伯想把他趕出家門。可是道元說，他學了那麼多東西，念了那麼多書，何不用來幫助讓他無憂無慮長大的火鍋店，省得去幫別人賺錢。

於是，火鍋店自從道元接手經營，一年內已經多開了兩家分店。

但我和雪兒也很有功勞，因爲我們的嘴刁，新的菜色出來，一定都由我們先吃過，打分數評價，平均値低於九十分的菜，就不會出現在他們的菜單上。

我喜歡現在吃的這個養生沙拉，蔬菜都好新鮮，一定是剛剛才做好的，還放了一點點枸杞，好特別。再搭配油醋醬，吃起來非常清爽開胃。

「這個好好吃。」我說。

雪兒嫌惡地看了我一眼，「我討厭枸杞。」

我們吃東西時，道元丟了兩張評分表給我們，「吃完就打個分數吧！」一說完就拿著書坐在旁邊看。我們的相處模式就是這樣，話很多的雪兒，不愛說話的道元，還有說了話卻不知道在說什麼的我。

雪兒常說，不認識我的人一定會覺得我很難溝通。事實上，是因爲我有表達障礙，不知道怎麼溝通，一急起來，話都講不好。所以我沒有反駁雪兒的話，要不是這樣，我怎麼會活到二十九歲只有他們這兩個朋友？

吃得正開心時，店裡的電話響了。我走過去接了起來，「柯定鐵，您好。」

「是我。」一道男聲在電話那頭響起。

我微笑，在電話這頭點了點頭，「嗯。」

「妳晚上可以提早打烊嗎？我在敦南誠品的星巴克等妳。」

「今天晚上嗎？」我問。

「對，妳可以自己過來吧？」

「可以可以，晚上見。」連再見都來不及說，對話就結束了。來電的人是我將近兩個星期沒有見到面的男朋友，蔣哲瑋。

掛掉電話，我心裡忽然冒出那種令人不安的預感。

不是中樂透的預感，是分手的預感。

每一次戀愛，我總是在還沒有進入狀況時就被判出局。每一任男友都對我說「妳很好，妳眞的很好」，卻和我分手。這些年來，長了年紀，戀愛次數累積得愈來愈多多，卻延長不了愛的時間。

我不知道到底是哪裡出了問題。

哲瑋和我，是三個月前在一個文創產業講座上認識的。他剛好坐在我旁邊，聊了幾句，我欣賞他講話時眼睛炯炯有神的樣子，充滿希望、很有活力的感覺，讓人有好感。講座結束後一起去喝咖啡，隔天他來找我，問我願不願意和他交往看看，我就答應了。

三個月來，我們只見過八次面，通過十次電話，吃過兩次飯，其餘的時間都是在各自忙碌中度過的。

我嘆了口氣，回到沙發上，希望那可惡的預感只是自己想太多了。

「怎麼了？誰打電話來？晚上見？妳男友喔！」雪兒一邊吃東西一邊掉食物屑屑，又一邊問我。

我點了點頭，坐到她旁邊，把從她口中掉下去的蔥和芝麻撿起來。

接著她又說：「晚上見？幹麼？看妳的表情，不會又要分手了吧？」

「不知道，好像有這種感覺。」不怪雪兒直接，因爲我常被甩，大家都非常習慣。

「幹，妳眞的是……用點心談戀愛好不好？不知道的人，看妳換男朋友換得這麼快，還以爲妳是什麼情場高手。結果呢？都是被甩的分，妳是怎麼回事啊？」雪兒忍不住用她油膩膩的手猛戳我的頭。

「小金小銀都覺得丟臉了。」她指著門旁的白色浴缸這麼說。

我起身走到浴缸旁，看著小金和小銀游過來，我忍不住對牠們說：「沒能守護你們的面子，都是姊姊不好。」

坐在一旁看資料的道元也是只無奈地望了我一眼。是，我知道我是不爭氣，可是我也不想那樣，我也想談一段穩定的戀愛，可是怎麼料得到每次都莫名其妙分手，我本人也非常苦惱啊。

看到我一臉哀怨，道元忍不住安慰我，「也有可能是想妳，所以才約妳出去的。」

我一瞬間又覺得人生好光明，開心地衝到道元旁邊，微笑地看著他猛點頭。

「康道元，康伯伯沒有教你做人的道理嗎？誠實兩個字會不會寫？你台大畢業，需要我教你嗎？」雪兒的話一拳打碎了我的笑臉。

道元轉過頭來看著我說：「Sorry，我剛才講的妳不要放在心上。」

我洩氣地坐在沙發上，一時之間什麼食慾都沒有了。他們兩個看著我要死不活的樣子，雪兒馬上交出評分表，道元開始整理桌上的保鮮盒。「先回店裡了，有事電話聯絡。」然後就提著保鮮盒先離開了。

接著雪兒換上高跟鞋，拿了包包提起球鞋對我說：「我滾了，嗯……就……那樣囉！」打開門之前，還很沒有義氣地回頭說了一句，「柯定鐵，如果今天不是分手，我包十萬塊給妳壓驚。」

我想他們比我更習慣「柯定鐵經常性分手」這件事。

整天下來，我不知道看著打版紙嘆了幾百次氣，畫了又畫，擦了又擦，拿起鉛筆，又想起我和蔣哲瑋在一起的這段時間。我們最後一次一起喝咖啡是上上星期的事，分別時，他的表情還很開心的樣子，應該不太可能是要分手吧！

「對吧！怎麼可能是分手。」我一個人自言自語，不到兩秒又洩了氣，放下鉛筆，對自己說：「那這該死的不安到底是怎麼來的？」

兩隻手的手肘撐在桌上，低下頭，臉埋進手掌心，討厭這種毀滅的崩潰感，這次再分手就第九次了，我眞的不覺得前男友的人次到達雙位數是什麼光榮的事，「怎麼會這樣啊！」臉埋在手掌裡忍不住大叫。

「大姊！」

我嚇了一大跳，馬上抬起頭，站在我面前的，是穿著制服的定琦。她嘴巴含著一根棒棒糖，一臉像是在看神經病那樣看我。

我鬆了口氣，肩膀垂下來，「妳回來了喔？怎麼這麼早就下課了？」

她一臉無奈，帶著疑惑看了我一眼，「很早嗎？」

我看了一下時鐘，原來已經六點了。眞的不曉得今天都在做些什麼，時間過得這麼快。

「肚子餓嗎？」我問。

她搖了搖頭，然後轉身準備走上樓去。

突然想起定嫻交代的事，我看著定琦的背影對她說：「晚上早點睡，不要再熬夜打電動了。妳每天都打到凌晨，這樣上課會沒精神。」

她沒有回答，背影消失在二樓樓梯口。

我嘆了一口氣，定琦從小到大，在功課上從沒讓我和定嫻擔心過，唯一擔心的就是她的孤僻，我們從沒聽她說過朋友的事，問她怎麼不帶朋友到家裡來玩，她的回答是，「我不需要朋友。」

不需要朋友的結果就是每天對著她的電腦，還不只一台，是三台。這些都是她去參加電玩比賽贏回來的。我現在用的筆電也是她贏來的。有些家裡用不到的獎品，她會上網賣掉，再去買高級的配備。上次定嫺氣到拿起椅子要砸爛她的電腦時，她只是淡淡地說：「砸吧，反正不過二十幾萬。」

最後，定嫺那天氣到跑出去喝酒，喝到早上才回家。

我們都拿小妹沒辦法，她除了愛打電動，不喜歡和人打交道之外，眞的沒有什麼缺點，成績也都保持得很好。有時候我眞的很疑惑，我也許是爸媽從外面抱回來或是垃圾筒撿到的。定嫺和定琦都很會念書，隨便念一念成績就可以很好，而我就算抱著書念一個晚上，隔天頂多也只能考個七十幾分。

而且定嫺和定琦都是瓜子臉，身材高䠷。我則是圓臉，又身材矮小。對於外表，我倒是沒有特別想抱怨的，但智商方面我就覺得有一點失落。

只是現在也不是失落的時候，我打起精神，把裁板上的東西稍微整理一下，餵小金小銀吃完飯，我把鐵捲門放下來，準備上樓洗個澡出門，希望心裡的那些不安也能被洗掉。

吹乾頭髮，梳了梳劉海，我換上一件白色長版亞麻洋裝，搭配卡其色背心，再穿上駝色中筒靴子，背上前天剛完工的拼布包，還化了點淡妝。其實原本妝上得比較濃，但我一個分神，眼線不小心畫歪了，愈擦愈失敗，只好洗掉妝重來。

但是，我連化妝的動力都沒有，最後乾脆隨便上點妝就作罷。

家裡有四層樓，一樓是店面，二樓是廚房和我的房間，三樓是定嫺的，四樓是定琦的。我在出門前爬到四樓，看到定琦又坐在三台電腦前打電動，忍不住再一次對她說：

「定琦，不要玩太晚了，早點睡。」

她沒回答我，保持原姿勢點了兩下頭。

「至少二姊回來前妳要把電腦關掉。大姊是不反對妳打電動，可是打電動熬夜最好不要，妳也知道熬夜對身體不好，妳如果一直這樣下去身體會不健康，我想二姊也不是說不讓妳玩，是因爲打電動會對身體不好，如果妳一直這樣下去，身體會不好，妳知道熬夜……」

定琦終於回過頭，很認眞地看著我，「大姊，妳知道自己在講什麼嗎？」

我搖了搖頭，其實我眞的不知道自己在講什麼。

對於這一點，我眞的很無能爲力。

「我有事要出門了，二姊今天晚上會晚一點回來，妳自己在家要小心。」我放棄了，反正我就是個有表達障礙的人。

她回到電玩的世界，對著螢幕又點了兩下頭，我洩氣地轉身離開。

在捷運上，要去和男友見面的我，應該要很興奮快樂的，可是我竟羨慕起車上一對又一對的情侶。看著他們講悄悄話，互相凝視的樣子，就只是牽著對方的手，臉上也漾著萬分滿足的笑容。我試著回憶過去的那幾段愛情，印象卻好模糊。

我忍不住問自己，到底談了什麼樣的戀愛？但一直到了目的地，我都無法給自己答案，我眞心不知道。

嘆一口氣，從捷運車廂中走出來，慢慢走到誠品。每走一步，心情就多沉重一分，分手這種事，說眞的，就算是經常分手，經驗再多也不可能習慣。我到現在還是很不習慣面對分手的場面。

有誰能習慣分手？

站在星巴克前，我很用力地又嘆一口氣，然後抬起頭來，找尋哲瑋的身影。我看到他時，他正好也看到了我，站起來笑著對我揮揮手。我微笑地向他點了個頭，發現他旁邊還坐著另外一個男生。

頓時我整個放鬆，原來是要介紹朋友給我認識。我真是個想太多的笨蛋，今天到底在幹麼？這時候好想打電話給雪兒，請她準備好我的壓驚紅包。

我開心地走到哲瑋旁邊，他抬起頭看我一眼，對我說：「妳先坐，等我一下。」接著又回到他和友人的話題。

我就這樣坐著，等他介紹我和他的朋友認識。一分鐘過去、兩分鐘過去，我覺得眼皮愈來愈沉重，他們兩個人交談的聲音愈來愈模糊，後來我就失去意識了。

不知道過了多久，我聽到椅子被推開的聲音，驚醒過來，映入眼簾的畫面是哲瑋和他的友人都站了起來，我也只好急忙站起來。當下超想揍自己兩拳，怎麼會在男朋友和朋友談話時睡著，這樣不是很不給他面子嗎？

我苦惱得想要掐死自己。

哲瑋對友人說：「看在同學一場，友情價啦！我們老闆就是指定一定要你，你也知道現在這種景氣，預算編列都很有限。」

哲瑋的友人左手提起腳邊的背包，右手拍了拍哲瑋的肩膀，「同學，不是不幫忙，我才剛回台灣，如果是公益活動幫幫忙還ＯＫ。目前真的沒有打算接case，比較想先休息一陣子。」

他突然轉過頭看我，對我笑了一下，我瞬間愣住了。

我可以對天發誓，那是天底下最撫慰人心的笑容。怎麼會有男生笑得這麼好看？一口整齊又白亮的牙，笑起來眼睛彎彎的，眼角那些細細的魚尾紋，反而讓這笑容看起來更誠懇。

我不知所措地也對他笑了笑，希望我剛剛睡著的樣子沒有被他看到。

「同學，不要這樣啦！我跟老闆說了我們交情很好，我這樣空手回去怎麼向上面交差？是不是價格的問題？不然我回去再重編預算？」哲瑋繼續說。

這位友人還是搖著頭笑了笑，「下次吧！」然後將背包掛上肩膀，從星巴克走了出去。他身穿格子襯衫和刷白的牛仔褲，背影看起來好與世無爭。

哲瑋本來還想喊住他，但伸出的手又縮了回來，整個人很沒力地坐回椅子上，煩躁地撥著頭髮。

我也跟著坐下來，忍不住問：「還好嗎？」

哲瑋看了我一眼，嘆了口氣後點點頭。他拿起桌上冷掉的咖啡喝下一口，皺了一下眉頭。

「需要我再去買一杯熱的嗎？」我說。

我本來要站起身，卻被他拉住，「不用了，定鐵，我有事想跟妳說。」

這一句話又直接打進我的心臟，什麼事？不會眞的是分手的事吧！我以爲我躲過這次難關了，沒想到又有事。

「嗯？」我很艱難地從口中發出一個聲音。

哲瑋看著我的臉，眼睛轉了一下，嘴唇抿了兩下，吞了三次口水。我整個人已經癱在椅子上，這舉動絕對是分手的前兆。分手過那麼多次，通常要和我提分手的人都會有這三個反應，接下來就是那種欲言又止的表現，再搭配上一臉抱歉的樣子。

然後他對我說：「我覺得我們並不適合。」

我看著哲瑋，他是第九個對我說這句話的人。我眞的很想問他什麼才叫「適合」，可是我的喉嚨就像被堵住一樣，什麼話都說不出來。

他摸了摸我的頭，「妳很好，妳眞的很好，脾氣好又善良，還很獨立。我覺得妳會遇到更好的對象，不要再把時間浪費在我身上。我工作很忙，也不能經常陪妳，這讓我覺得很內疚。」

我搖了搖頭，想對他說：「其實我不在意，因爲我也很忙啊！偶爾見面我就很開心了。」不是小別勝新婚嗎？爲什麼小別不到兩個星期，我就呈現被離婚的狀態？

話還來不及說出口，他又摸著我的臉，「不，相信我，定鐵，妳眞的很好，妳一定會遇到比我更好的人。」

每個人都這麼對我說，說我一定會遇到更好的男人。每一次的新戀情，我也告訴自己，這個人一定更好。但更好並不一定會更愛我，更好的男人不表示可以留在我身邊更久。

有誰知道，我想要的並不是一個更好的男人，而是可以陪著我分享生活的另一半？

忍不住在心裡苦笑，我只能愣愣地看著他，我有滿腦子的話，卻一句都說不出口。也或許什麼都不想說了，因爲我可以感覺到，這個男人已經不想要我了，那麼說再多又有什麼用？

「雖然分手了，我希望我們還是可以當好朋友，可以吧？」他看著我，小心地說。

也許因爲我沒有任何表示，讓他有點擔心。

我無力地點了點頭，只有我點頭了，才能結束這一切。

看到我的回應，他開心地笑了出來，抓著我的肩膀晃著。但我知道並不是因爲我願意繼續和他當朋友，而是他內心正在歡呼著：靠！分手成功了。

這麼想有點可悲，這卻是不爭的事實。

「定鐵，我還得回公司忙案子，要先離開了，沒辦法送妳回家。需不需要我幫妳買杯咖啡？」他開始整理桌上的資料，東西「唰」地一下全掃進公事包，電腦也強制關機，可能很擔心我會反悔說不想分手吧！

我勉強露出微笑，「不用了，我不想喝。」

話才說完，他的公事包已經提在手上，右腳也跨出一步了。聽到我的回答，他更是笑得燦爛，「好吧！那我先走了，妳自己回家要小心喔！到家傳個簡訊給我。」

我點一下頭，再抬起頭時，我連他的背影都看不到了。

心酸地看著哲瑋離去的方向，我並不想哭，只是一陣無奈感從腳底竄到頭頂，擴散到四肢，我的血液裡也充滿了無奈，無奈到我想去改名叫柯無奈。我的愛情到底出了什麼事？

我眞的很失敗吧！我想。

交過這麼多男朋友，卻沒能留住半個，每一任男友總是這樣丟下我，離開我們的愛情。我常常在想，是不是我哪裡不夠好，還是有做不好的地方？想著想著，就覺得自己什麼都不是，一無是處。

道元常常都會安慰我，「小鐵，妳很好，是他們不懂妳。」

也許是吧！

他們不懂我，而我即使經歷過這幾段感情，依然不懂愛吧！所以才會在感情路上這麼失敗。

哲瑋走後，我呆坐在原位，累得完全不想動、不想思考，甚至連嘲笑自己又這麼荒唐地結束一段感情的力氣都沒有，我的愛情真是個笑話。

不知道放空了多久，我旁邊有一些吱吱喳喳的聲音，我才回過神，然後把那些聲音聽清楚。

「這個人不喝東西還佔著位置，眞沒有公德心。」路人甲說。

「她的臉看起來好可憐，不會剛和男朋友吵架吧！」路人乙說。

「吵架也不要佔著位置啊！都客滿了，要發呆不會回家嗎？」路人丙說。

我不想再聽到路人丁說什麼，於是勉強自己站起身，離開星巴克，踩著沉重的腳步走到書店裡，一面提醒自己下次分手時一定要穿拖鞋。腳步都提不起來了，我竟然還穿著靴子。每走一步，都好像在做重量訓練。

我需要恢復一點體力才有辦法回家。

拖著雙腳走到雜誌區，隨手拿了本時尚雜誌起來翻。翻歸翻，我都不知道自己在看些什麼。突然，我身邊響起了手機鈴聲，書店裡本來安安靜靜的，只有翻書的聲響和舒服的音樂聲，卻被手機鈴聲劃破這美妙的平衡。

忍不住轉過頭看是誰的手機，爲什麼都不接電話？

結果一回頭，書店裡有大半的人都在看我。爲什麼看我？這又不是我的手機鈴聲！而這一驚嚇，我才突然記起，我的手機早在上個月就換了，手機鈴聲好像眞的是從我包包裡傳出來的。

我趕緊放下手上的書，打開包包找手機。它愈響，我就愈緊張，找到手機時，鈴聲已經停下，好不容易鬆一口氣，又突然響起來。我嚇得手指不停在螢幕上亂滑，這什麼鬼智慧型手機？一點都不智慧。

我蹲下來，用最最低的音量，幾乎是氣音般說著，「怎麼了？」

是雪兒來電，「幹，柯定鐵，妳這麼久才接，聲音又這麼性感，妳不會是和他在……」她腦子裡到底裝了哪些東西？

「妳想太多了，我在書店裡啦。」我繼續維持氣音。

「妳和他在書店裡幹麼？」雪兒問。

「我自己一個人而已啦，他……就回去了。」實在很不想說我和哲瑋分手了，無奈這是事實，大家早晚都會知道。

「妳不要告訴我妳很貼心地幫我省了十萬塊喔！身為朋友，這種錢我很願意花在妳身上喔！」

「我也很想讓妳花，可是就……」就分手了啊！

雪兒在電話那頭嘆了好大一口氣，「柯定鐵，妳到底怎麼回事啊？妳真的很扯，能不能有一次是妳甩人家？每次都被甩，妳叫我們這些朋友情何以堪？」

「我也不想被甩嘛！可是就被甩了啊，他只花五分鐘就甩掉我了耶。」前男友俊誠……啊，不，這樣算起來，俊誠應該是前前男友。那時候，他至少花了十分鐘和我談分手。

「我覺得最大的問題就是妳自己。講真的，妳就是那種男生看到了會喜歡的類型，但妳沒有女人味，不會撒嬌、不會講好聽話、不會耍脾氣。妳以爲只有女生愛聽甜言蜜語嗎？男人也喜歡好不好，妳怎麼就是教不會？」雪兒振振有詞地教訓我。

我不得不接受。不要看雪兒愛罵髒話，個性又像個男生，她每次交的男朋友都好疼她，上次還有一個直接在馬路上哭著求她不要和他分手。常被甩的我，看到那一幕眞的是羨、慕、不、已。

「我有撒嬌啊！」我反駁。

「幹，最好妳有，妳現在說一次『你想我嗎』給我聽看看。」

「現在？」在人來人往的書店裡？要我用氣音講？

「不然明年嗎？」雪兒不耐煩地說。

我怕雪兒又發火，只好勉爲其難地說：「你想我嗎？」沒想到喉嚨卡卡的。

「媽的這是什麼？妳是要去當兵嗎？聲音軟一點好不好！雖然妳叫柯定鐵，但妳是女的，OK？」雪兒大吼。

我突然疑惑地問：「我叫柯定鐵跟我是不是女的有什麼關係？」

雪兒在電話那頭愣了一下，之後轉移話題，「幹，少囉嗦，再說一次，有女人味一點，有感情一點，講話慢一點，聲音軟一點，像這樣，你——想——我——嗎？」

雪兒的示範讓我全身起雞皮疙瘩，胃好不舒服，頭好暈好痛，好想問雪兒的男友們聽了這句話會不會和我有相同的症狀，需不需要去看一下醫生？

「快點說！」雪兒又變了一個人，聲音宏亮到我耳膜都要破了。

我只好清了清喉嚨，學她的語氣和腔調。我蹲在角落，又盡量把身體壓低，眞的很擔心路人聽到會揍我。

「你——想——我——嗎？」一說完，我就好想切腹自殺。

「柯小姐，請問妳便祕嗎？」雪兒又說。

「我最近排便還滿順暢。」我很老實地說。

突然，頭頂上傳來一道笑聲。我一抬頭，和笑聲的主人對到眼，看到他的臉，我先是嘴巴張開呆了五秒，全身僵硬。他面對我，露出笑容。那一瞬間，我好希望有人把我打暈，我眞的沒打算把自己的生理狀況分享給前男友的友人知道。

此地不宜久留，我馬上闔上嘴巴，快速地站起身，打算當作什麼都沒看到，直接往出口快步走去。結果爲了假裝什麼都沒看到，我就眞的什麼都沒看到，甚至沒看到他放在書架旁的背包。往外逃時，我的靴子重重地踢了他的背包一下。

唰！他的背包被我一踢，往前滑了過去。我嚇得趕緊衝上前撿起來。

當下我真的覺得，書店裡的客人肯定很想殺了我這個無時無刻製造噪音的人。

他跟在我身後，我轉過身把包包遞給他，很真心地道歉，「不好意思，我沒有注意到你的包包放在地上，不小心踢到了。」

他接過去時，我聽到裡面有玻璃碎掉的聲音。我驚恐地看著他，「對不起，如果裡面有東西壞掉，我一定會賠的。」

和他一起走到書店外面的長椅上，他打開包包把裡面的東西一一拿出來，iPad一台，耳機一副，黑色錢包一只。錢包好像使用得比較久了，邊緣的皮面有一點磨損。接下來，他拿出一個長條型的包包，我感覺應該是這裡面的東西壞了。

他打開，拿出裡面的東西，是一個白色的長鏡頭。因爲道元也玩相機，所以我看得出這顆鏡頭應該不便宜。打開鏡頭蓋那一剎那，玻璃碎片都掉了出來，我忍不住倒抽一口氣。

他只是皺了皺眉頭，笑著對我說：「沒關係，只是外面的保護鏡壞掉，換掉就可以了。」

我用前所未有的認真語氣向他表示，「確定嗎？你要不要把它送去檢查一下，不管要花多少錢修復，我都會負責的。」

上次雪兒借道元的相機去員工旅遊，回來台北還給道元時，向來冷靜的他都差點要崩潰了。因爲雪兒帶去海邊，沾上了沙子海水，讓道元花了將近一萬塊修相機。

他笑出聲，「我很少聽到女人對我說『我會負責的』。」

「啊？」我聽不太懂他的意思。

他接著說：「妳是哲瑋的朋友吧！妳好，剛剛我和哲瑋談話時妳好像在睡覺，沒來得及打個招呼，我是石光孝。」

我尷尬地笑了笑，「你好，我叫柯定鐵。」

「柯定鐵？」他覺得奇怪，又重複唸了一次，大部分的人聽到我的名字，第一個反應都是這樣。

「安定的定，破銅爛鐵的鐵。」我補充說明。

他笑出聲，把東西都收進包包裡，對我說：「鐵路局的鐵、鐵釘的鐵、鐵絲網的鐵，什麼鐵都好，別說是破銅爛鐵的鐵。妳剛剛說要負責的表情那麼認眞，對我來說不是破銅爛鐵，是星星。」

爲什麼他說這句話的表情這麼誠懇，這麼令人相信？他這麼善良，稱讚我是星星，這個人難道不是天使下凡嗎？

我呆在原地，看著他，感覺背後像眞的長出了翅膀，而我腦子裡都是星星。

他又笑著指指我的嘴巴，「需要衛生紙嗎？」

我趕緊回過神，把發呆時不小心張開的嘴巴閉上，呑了一下口水，眞的差點就流出來了。

我尷尬地搖搖頭，「不用了。」他也算是幸運，遇到了我二十九年來最丟臉的一天，不是睡著就是闖禍，又差點流出口水。

他看見我呑口水的樣子，又笑了出來，接著把包包掛在肩上，對我揮揮手，「我還有事要先走了。這麼晚了，妳自己回家要小心。」

我點了點頭。

望向他的背影，我一度懷疑他的職業是詩人還是作家之類的。不管他說的那一句話是不是發自他的內心，我都當眞了。回家的路上，我想起奶奶常對我說：「定鐵是全世界最棒的名字，鐵雖然堅硬，但有可塑性。定鐵啊，妳以後一定會成爲一個很棒的人。」

踩著月光，想著我是鐵定會很棒的定鐵，腳步也不再那麼沉重。笑了笑，被甩的那一股憂鬱，好像就這樣被治癒了。

想到他說我是星星那句話，我忍不住輕輕地笑了。

回到家，已經十二點半，才爬上三樓，就聽到樓上傳來定嫻的聲音。她肯定又在唸定琦，可是定琦就是那種怎麼唸都不會有反應的小孩，加上定嫻又是那種對方愈沒反應，她火氣就愈大的人。我估計，差不多再十秒鐘就會聽到定嫻崩潰的聲音。

「柯、定、琦，我講的話妳到底有沒有在聽？」我覺得連小金和小銀都會被定嫻的音量嚇到。

無力地拖著二十九歲的蒼老身軀慢慢爬上四樓，其實我已經累到可以躺在床上一秒睡著的那種程度，但是以定嫻現在這種火大的狀況，就算我躺上床，也絕對沒有辦法好好睡的。

一到四樓，我就看到定嫻早上穿出門的衣服還沒換下，原本漂亮的大捲髮現在變得蓬鬆混亂。她的雙手扠在腰上，感覺像要吃掉定琦。而定琦正一臉平靜地坐在電腦桌前，雙手操控三台電腦。

一個月裡，總是有幾天會發生這種場面，她們吵架的週期，比我的月經還穩定。

「定嫻，妳不是說一兩點才會回家嗎？怎麼這麼早就回來？都忙完了嗎？」我走到她旁邊，站在她和定琦中間。

「日本客戶喝多了，就先把他們送回飯店了。」她嘴上在回答我，眼睛還是看著定琦。

「那妳也累了吧！早點去休息。」說完，我就想拉著她下樓。

可能是我這招用太多次了，定嫻躲過我的手，對我說：「姊，妳不要再這樣縱容定琦了，她除了學校，就是坐在這張椅子上，一天有沒有睡滿七個小時？每天宅在家裡，沒有朋友、沒有生活，是她這個年紀應該過的日子嗎？」

「我不是縱容她，我只是……我只是覺得她自己會有分寸。」支支吾吾地講了一句，結果又踩到定嫻的雷。

她不敢置信地看著我，「姊，她都玩成這樣了，妳覺得她會有分寸？分寸在哪裡？我沒看到。」

「我不是那個意思，我是說……」到底要怎麼說比較好，忍不住抓了抓頭，「唉，妳不要生氣，我們以前年紀還小的時候，也會熬夜看球賽啊！」自以爲講了一個很好的理由，沒想到這麼爛。

我和那些跟我分手的男人有什麼不一樣？

定嫻無奈地瞟了我一眼，「我們會每天熬夜嗎？會像她這樣足不出戶嗎？算了，我不想講了，反正，這個家裡永遠都是妳們兩票我一票，大姊都無所謂了，我這個當二姊的也不需要雞婆太多。」

她說完，拿起椅子上的包包就下樓了。

我只能面對她的背影，欲言又止。爲什麼我總是只能看著別人的背影，然後什麼事都做不了？

對過去的九個男友是這樣，現在連定嫻也這樣。

定琦不曉得什麼時候關掉電腦，關了燈躺上床，而我還站在原地動彈不得。突然覺得，「想要好好生活」和「眞的可以好好生活」，眞是相差十萬八千里。

生活，眞不是一件簡單的事。

回到房間換了睡衣，打算好好睡一下。感覺身體好累，卻不知道腦子在想些什麼，翻來翻去怎麼也睡不著，只好又起身回到一樓。打開小燈，我先走過去看了一下小金和小銀，想跟牠們聊聊天，只是牠們睡著了，在水中很安靜地動也不動，我也只好離開。

坐在縫紉機前，拿起不要的布，胡亂地踩著縫紉機，一塊一塊接起來。心情眞的很煩躁時，我就會這樣踩著縫紉機，聽著運轉時噠噠噠的聲音，情緒就好像被安撫了，慢慢穩定下來。

不知道踩了多久，突然有一根棒棒糖映入我的眼簾。我停住動作，抬起頭，發現是定琦。她嘴裡咬著一根棒棒糖，手裡又拿著另一根要遞給我。我看看她，嘆了一口氣，把棒棒糖收了下來。

她轉身離開，要上樓時頭也不回地說：「我以後會在十二點之前睡覺。」

我笑了笑，我想這是定琦最大的妥協了。

拆開棒棒糖放在口中，嗯，是我喜歡的葡萄口味，嘴巴甜甜的，心裡也有一點甜甜的。我把原本拿來發洩的那塊布放到舊布桶中，再到小倉庫裡拿出一袋碎布，打算把前兩天客人的訂製洋裝完成後剩下的布做成小方巾、小手帕，明天給育幼院的小朋友送去。

育幼院的吳院長是奶奶的姊妹淘，我們小的時候，她對我們很照顧，奶奶從以前就會把手邊剩下的布做成衣服和小包包送給育幼院的小朋友，因為奶奶很疼愛那些小朋友，即使她離開了，這件事我還是想繼續幫她堅持下去。

還有另一件事，就是奶奶仔細收藏的第三任男友照片，我也很堅持地繼續幫她保存下去，就放在我的皮包裡，這是我和奶奶的祕密。

踩著縫紉機，想著分手、想著妥協、想著堅持，想著生活裡的每一個瞬間，都需要用上好大的力氣來面對這些情緒裡的挑戰和危機。雖然不簡單，我還是都這麼過了。

奶奶，今天妳在天上過得和我一樣精采嗎？

奶奶笑著對我說：「有，剛才和上帝喝了下午茶，還順便下了盤棋。」

「上帝帥嗎？」我忍不住問。

奶奶點了點頭，「嗯，還不錯，布萊德彼特那個程度。可是孩子啊，妳還要繼續和奶奶聊下去嗎？都下午三點了。」

啊？我突然驚醒，看著牆上的時鐘，顯示十點半。

我鬆一口氣，坐在沙發上，快被奶奶嚇死了。雖然今天沒有預約的客人，但是我不能接受自己睡到下午，這樣我會覺得自己白白浪費了一天。畢竟我已經不再是青春的少女，沒有花樣的年華可以揮霍。

昨天熬夜就直接睡在這裡了，身上的毯子從肩上滑了下來，還有一張便利貼貼在我臉上。我取下來看，是定嫻寫的，「在這裡睡也要蓋被子。我做了三明治，在二樓餐桌上，記得吃早餐。」看完，，我只想說這便利貼的黏性眞好。

我以爲定嫻少說會跟我賭氣個三天，沒想到她居然不生氣了。是因爲夢到奶奶所帶來的好運嗎？我開心地笑了起來，站起身，心情很好地上樓吃早餐，梳洗一下，準備開店。

我換了件我最喜歡的軍綠色格子洋裝，再穿上白色的針織外套，希望今天可以一直持續這樣的好心情。按下鐵捲門開關，門一打開，就看到道元站在門口，拿著手機，好像正準備打電話給我的樣子。

打開門，道元提著東西走進來，「我以爲妳今天不開店。」

我跟在他身後，笑著說：「我睡過頭了。」

他懷疑地瞧我一眼，接著把袋子裡的東西拿出來，仍然是一盒又一盒的食物。「我請廚師做了一些壽司，還有這一鍋白木耳蓮子湯，定嫻和定琦可以一起喝，對身體好的。」

「我才剛吃完早餐，現在還不餓。」我說。

他又瞧我一眼，然後把壽司的盒子蓋上，到櫃檯拿了我的杯子，舀一杯蓮子湯遞給我，「壽司晚點吃，先喝一杯這個。」說完，就提了壽司和蓮子湯上二樓。

下樓之後，道元坐到我旁邊，「幫妳放在冰箱了，壽司一定要今天吃完，吃不完就丟了，不要像上次放了那麼久還吃，吃壞肚子又得去看醫生了。」

「好。」我邊喝蓮子湯邊乖巧地回答著。

從小到大，他一直很照顧我和雪兒，可是他始終沒有交女朋友。雪兒總是開玩笑說要幫道元介紹男朋友，道元不回應，自然而然地大家都認爲他是gay。但我知道他不是，因爲他一直喜歡的人是雪兒。

國中時，有一次我向道元借筆記，發現裡面夾了一張紙條，上面寫滿了雪兒的名字。當時我並沒有問他是不是喜歡雪兒，一直到念大學時，人在高雄念書的雪兒第一次沒有陪道元過生日，我看見道元失望的眼神，因此知道他眞的很愛雪兒。那一天，他才誠實地對我說：「是的，我喜歡雪兒。」

單戀十幾年，他不累，我看都看累了。

道元一臉若有所思的神情看了我一眼。

「爲什麼今天一直這樣看我？」我好奇地問他。

他清了清喉嚨，很不自然地說：「心情還好嗎？」

我被他的反應弄笑了，應該是雪兒昨天跟他報告過我分手的狀況，「我很好。」我說，我眞的覺得我今天很好。

雖然我還是不知道爲什麼我那麼容易被拋棄，反正我已經不想再去問自己那些問題了，根本沒有答案。

「那就好。」他這麼回答，但是又露出有話要說的表情。

「你想說什麼就說，這樣好奇怪。」我放下手上的杯子，看著他。

他深呼吸一口氣，「小鐵，我問妳喔，妳有沒有想過喜歡跟愛的差別？」怎麼突然沒頭沒腦地問這個？

我仔細思考他說的話，「今天第一次想。」

道元笑了笑，摸摸我的頭，「其實，感情這種事，我實在沒有資格說什麼，妳知道的，我在感情上的成績也是個零。但是，以旁觀者的立場來看，我總是覺得妳並不愛那些人。」

「要像你喜歡雪兒這麼久才是愛嗎？」我問。

他尷尬地紅著臉說：「我不是那個意思，」接著又問我，「這樣說好了，妳愛這間店嗎？」

當然，我用力點了點頭。

「好，妳交過的男朋友中，從陳東華、吳懷恩、李德明、丁振發、張俊豪、賴正軒、黃明凱、林俊誠到現在這個蔣哲瑋，有哪一個是妳願意用這間店交換的？」台大畢業的都這麼會背別人前男友的名字嗎？

「沒有。」我說，這間店拿誰來都不能換的。

他笑了笑，繼續說：「我只是想告訴妳，有一天，妳會遇到一個妳愛他像妳愛這間店一樣的男人。到那個時候，妳自然就會明白怎麼談戀愛。現在這些人只是經過妳的生命，分手就算了，不要想太多。」

我嘆一口氣，「算了，愛好複雜，我想我這輩子很難搞懂了。」

道元又摸摸我的頭，「現在這些人，只是幫妳畫下愛情的輪廓，將來，會有那麼一個人來幫妳填滿顏色的。」

「是嗎？」我疑惑地問。

然後，他很用力地點點頭，表情十分認真，「小鐵，妳要相信我，妳一定會遇到那個人。不要灰心，總有一天，妳一定會明白愛是什麼。」

心裡被道元說的話塞得暖暖的，全身都是感動。這時候，我應該流個眼淚，但我還是哭不出來。

我很謝謝他對我這麼有信心，感動地看著他，「那你呢？」

「現在是講妳的事，不是我的。」他捏了捏我左邊的臉頰，右臉頰是雪兒的權利。

他們從以前就喜歡這樣捏我。搞不好我八歲之前是瓜子臉，只是後來被他們捏腫了。我突然覺得這個可能性很大。

道元拿了我喝完蓮子湯的杯子，到浴缸旁的洗手檯沖洗好，又到二樓幫我泡了杯咖啡，放在我的縫紉機旁。他的動作又細心又體貼，雪兒如果眞的嫁給他，不知道有多幸福。可惜，雪兒到現在還是認爲道元是gay。

「妳要去育功院？」道元指著縫紉機旁那三袋我昨天完工的東西。有衣服、有小布包、有手帕。

「嗯，想到也有一陣子沒去了，前陣子都還在趕工作，這幾天大部分都完成交貨了，新工作還沒有那麼急著開始，就先把那些全部都做一做。」

「需要我送妳過去嗎？那三袋看起來不輕。」道元說。

我忍不住給他看了一下我的手臂上的肌肉，「不要忘了我是誰好嗎？我最大的優點就是力氣大。」

「我希望有個人會眞心愛妳這個優點。」他笑著，感覺很眞心，但爲什麼我聽起來耳朵卻刺刺的？

我忍不住走過去拍拍道元的背，很誠懇地對他說：「我也眞心希望你不會因爲雪兒得了內傷。」

他再一次捏了我的左臉，「妳把妳自己顧好就好，我回店裡了，雪兒說晚上找要妳一起過來吃火鍋。」

我點了點頭。

道元離開之後，我決定先完成昨天連動都沒動的打樣，於是開始專心地畫完版型，再用粉片把版型畫在布料上。畫好了，準備用剪刀把布剪下來時，蔣哲瑋居然從門口走了進來，很自然地向我打招呼。

「定鐵，在忙嗎？」

我抬起頭看他，驚訝著他的出現。沒想到我這位前男友的適應力眞快，馬上適應了我們之間「朋友」的這個身分。我搖搖頭說：「還好，怎麼過來了？」

他笑了笑，「沒有啦！上次妳不是幫我做了一件襯衫嗎？可是口袋的地方有一次我不小心沾到咖啡，送去洗衣店也處理不掉，想問妳看看它還有沒有得救，因爲我眞的很喜歡這件襯衫。」

先不說是不是前男女朋友的關係，只要有客人這麼寶貝我做的衣服，我都會很樂意幫他們處理。我站起身走過去，接過他手上的襯衫，有好大一塊咖啡漬在口袋上。這種滲入布料纖維的污漬眞的很難處理。

我看著他問：「你趕時間嗎？我大概需要十分鐘。」

他一臉得救的樣子看著我，「我可以給妳一百個十分鐘。」

我笑了笑，如果昨天聽到的是這句話，我應該會馬上落淚。但因爲我在哭這方面有障礙，而我眼前這個男人昨天也覺得我是個障礙，所以這件事發生的機率根本是零。

「你坐一下。」說完，我就到倉庫去找這件衣服的布料。處理這個很簡單，拆掉原本用來做口袋的那塊布，換上一塊新的就完成了。

不到十分鐘，我已經處理好了。

他像中了兩百塊發票一樣，開心地到更衣室換上，走出來對我說：「妳救了我。」

我知道，昨天也是。

「我晚上打算穿這件衣服去參加活動，原本以爲洗衣店能搞定，結果他們也束手無策，還好有妳在。要不要一起去喝個東西？」

看著他這麼自然的樣子，我突然想起剛剛道元對我說的那些話。也許，我們兩個的關係還不到「愛」的程度，所以現在才能夠這樣面對面講話。大概也只有我們這種戀人，才能在分手後的隔天，如此和平相處。

喜歡以上，愛未滿？

我搖了搖頭，「不了，我待會要出門一趟。」

「去哪裡？我送妳？」他說。

「不用了，我自己去就可以了。」我回答。

可是，二十分鐘後，我還是坐上了哲瑋的車。他說要謝謝我救了他的衣服，不能請我喝飲料，至少也要送我一程。他的說法我欣然接受，突然也喜歡起這種畫分清楚的感覺。

在車上，好一段時間我們彼此都沒有對話。

我正出神地看著紅綠燈，他突然開口，「其實，我昨天回家之後很擔心妳的狀況，怕妳會難過。」

我轉過頭，撞見他的擔憂的表情。不論是眞是假，在那一瞬間，我眞心感謝他和我分手。

原本我也以爲我會很難過，但我高估了他在我心裡的位置。而現在，他也高估了自己。我們似乎常常都在愛情裡高估了自己，以爲對方沒有我不行，以爲對方失去我會活不下去。

但事實上，我們都活得比自己想像的更好。

我笑了笑，沒有回答，因爲答案我自己知道就好。

送我到育幼院門口，他又很堅持幫我把東西提進裡面去。剛走到院長辦公室前面，吳院長剛好走了出來。她看到我，先是露出驚喜的表情，然後用力擁抱了我一下，「好想妳啊！小鐵。」

「我也是，最近好嗎？膝蓋還好嗎？」我開心地抱著吳院長，她就像我的第二個奶奶，而且她和奶奶一樣，有膝蓋痠痛的老毛病，尤其下雨的日子，經常會痛到走不了。

「不就老毛病，沒問題啦！」她樂觀地笑著說。

我從包包裡拿出一瓶藥膏遞給院長，「這是上次定嫺去新加坡出差買回來的，聽人家說治痠痛很有效，她特地買回來要給妳，只是我一直沒有空拿過來。」

她開心地接了過去，「謝謝，我一定會好好用的。」同時看著站在我身後的蔣哲瑋問：「這位是？」

「是我朋友，剛好送我過來。」我說。

哲瑋把衣服遞給了院長身旁的幾位老師，也向院長打了個招呼，「院長妳好，我還有事要忙，先離開了。」

「謝謝你送我過來。」我說。眞的謝謝他，不管是今天的事還是昨天的事。

他離開之後，院長在我耳邊說悄悄話，「是男朋友嗎？」

我搖了搖頭，是前男友，但我也沒打算讓院長知道我昨天剛被這第九個前男友甩了。和院長一起走進辦公室，我發現裡面熱鬧得不得了。桌上放了好多鳳梨酥和手工餅乾，大家都聚集在這裡，吃得好開心。

院長馬上塞了一個鳳梨酥到我口中，「嚐嚐看，是秀秀和小嘟做的，我們打算把後面那些自己種的鳳梨拿來做鳳梨酥。現在不是很流行伴手禮嗎？偉偉會架網站，我們要放在網路上賣，增加一點收入。」

院長說的都是這裡的院童，他們每一個都很乖又很有禮貌。雖然我不知道，是什麼原因使他們的父母選擇讓他們在這裡生活，但幸好他們有院長，就像我有奶奶一樣，我們還是很幸福地生活著。

用力吞下最後一口鳳梨酥，不管喉嚨有多乾，我還是開口說：「眞的很好吃，眞的！他們好棒。」接著咳了兩聲。

突然有一杯開水遞到我面前。我接了過來，趕緊喝一口，免得自己噎死。正要開口感謝那個給我開水的人，我又愣住了，這不是我昨天那位前男友的朋友嗎？

我驚訝地看著他，不知道該說什麼。

還好院長出聲了，「對了定鐵，妳來得正好，我好幾次都想介紹你們認識，可是都碰不上。這次太剛好了，沒有約好，結果你們都來了。他是阿孝，他外婆也是院長的好朋友。」

「嗨！」假裝是第一次碰面的樣子，我臉部好像要中風一樣。

「阿孝啊，她就是院長常常跟你提到的小鐵，她很厲害喔！又獨立，脾氣又好，而且她是服裝設計師。你看院長穿的這套白色洋裝，也是小鐵做的。」院長說完，馬上像個模特兒一樣走台步，還轉了三圈。在一旁的老師和小朋友都笑了。

他露出微笑，很配合我假裝成第一次見面的表現，「嗨，很高興認識妳。」接著伸出手，我也伸出手和他握了一下。

當他的手握上我的手，看著他的臉，有一種不安的情緒竄上我的心頭。那種不安，不是每次預感會分手的不安，是另一種我沒有經歷過的不安。我不會形容，只覺得莫名慌張。

院長不知道什麼時候像個少女般轉回到我們旁邊，對我說：「小鐵啊！阿孝是攝影師，他的不少作品都得過獎，剛好他來看我，我就順道請他幫我拍些照片，好放到網路上去。」

我點了點頭，從他的手裡縮回我的手，轉頭向院長說：「那院長你們先忙，我先回店裡囉！」

院長馬上拉住我，「難得來一趟，怎麼可以這麼早走。小朋友們都在問妳最近怎麼都沒來，而且等一下秀秀他們還要試做新的芒果酥，妳當然要留下來一起試吃啊！」

於是，在被留下來等著吃芒果酥的時間，我幫攝影師拿反光板。老師們因爲都還有自己的工作，所以先離開，院長也去廚房裡幫小朋友們，因此整個院長室就有只我和石光孝。

原本很怕無話可說，不過在他拿起相機之後，我發現那些擔心完全是多餘的。因爲他好像被相機神附身一樣，完全專注在拍照上。

我拿著板子，聽從石光孝的指令，「高一點……低一點……後面一點。對，就是這樣，好，再往右邊一點，嗯，再過去一點。」

他邊找角度邊下指令，東西擺在原地，都是他在移動，並且配合我手上的板子。好幾次我眞的很佩服他的骨頭這麼軟，爲了取到更好的拍攝角度，什麼姿勢都擺得出來。他整個人呈現忘我的境界，快門的聲音嚓嚓嚓地猛響。不過就是一盤鳳梨酥，不知道的人可能會誤以爲這裡是什麼星光大道的現場，而他在拍周潤發。

就這樣持續了將近二十分鐘，我的手一直沒有放下來過，痠到快要爆炸。我感覺額頭在冒汗。就在我眞的撐不下去想大喊救命時，他突然從地上爬起來，然後說：「OK！」

那一瞬間，我開心得搞不清楚流在臉頰上的是汗還是淚水。我馬上放下我的手，忍不住嘆了一口舒服的氣，「呼！」

他突然轉過頭看我，露出他的招牌笑容，魚尾紋又在眼角閃啊閃的。「很累吧！」隨即接過我手上的反光板。

我不好意思地笑了笑，「還好。」還好我這輩子大概不會再有這種機會了。

他把相機放在桌上，從包包裡面拿出一瓶很像痠痛噴劑的東西，瓶子上寫了一堆英文，可是我看不懂。我從以前就很想好好認識它們，但它們一直跟我保持距離。

他拉起我的手，搖了瓶子兩下，往我的手臂噴兩下，再用手掌在我的手臂上緩緩推開藥劑。我驚訝地看著他，他笑著對我說：「不用擔心，這個是舒緩肌肉用的，噴完之後，剛剛痠痛的地方會好很多。」

「沒關係，我自己來就好。」我試著抽回手，但他還是繼續按摩著。

其實我驚訝的不是這瓶子裡的東西，而是他的動作。對於才見第二次面的我們來說，這種動作似乎太過親密。雖然有點不好意思，但我又很享受這種感覺。好想打電話問雪兒，我這種欲拒還迎的精神狀況是不是有一點變態？

院長突然端著托盤走進來，看到我們的動作，連忙說：「唉唷，小鐵，妳怎麼了，受傷了嗎？」

我從那種變態的想像裡回神，用力把手縮回來。

「剛剛舉反光板舉太久了，所以我幫她噴了一下痠痛噴霧。」他笑著回答院長。我突然覺得他的笑容有點可怕，誠懇過了頭，就算剛剛是他揍了我一頓，再對大家說他在幫我噴藥，整個世界都會相信他，連棉被上的塵蟎也不會例外。

院長把托盤放在桌上，走到我旁邊，拉著我的手，心疼地說：「不好意思啊小鐵，辛苦妳了。」

我急忙回答，「不會啦！真的沒有什麼，只是在舉的時候手有點痠而已，真的沒有怎麼樣。」搞得我好像千金小姐一樣，只不過舉個板子，就好像受了生孩子般的折騰。雖然我很想走這種千金路線，但我可能要先去改名，把名字改得甜美一點，叫柯恬恬或柯千金之類的。

院長拉我到沙發上坐好，「沒事就好，妳的手是要用來做漂亮衣服的。以前妳奶奶就說，妳光看著她踩縫紉機就學會怎麼用了。」

我不禁笑了，我喜歡聽吳院長講奶奶的事。

「來，光孝，你也過來坐，吃吃看小朋友剛做好的芒果酥，給點意見，搞不好會是下次的新產品喔。」

「好。」他收好相機，坐到我的對面。

院長繼續問他，「你外婆最近好嗎？好久沒見到她了。」

他點了點頭，「老樣子。」明明是院長問他問題，爲什麼老看著我？

「你外婆的老樣子就夠你受的了，叫她別再給我寄些有的沒有的書，金瓶梅那種書叫她留著自己看就好，我們家小朋友不看那種書。」難得聽院長抱怨，沒想到石光孝的外婆這麼……開放。

石光孝笑了笑，「她就是這麼可愛啊。」

「哪裡可愛了？是可惡。」院長也笑著說。

我沒辦法插進話題，只能低下頭默默吃芒果酥。過了一會兒，院長被小朋友找去，現場又剩下我們兩個人。

我依然吃著芒果酥，眼神四處亂瞟，他突然出聲說：「是不是我長得很恐怖，看著我會吃不下東西？」

聽到這句話，我差點被芒果酥噎死，「沒、沒有啊！」我很不自然地反駁。

他盯著我三秒，接著笑起來，拿了一個芒果酥放進嘴裡，「妳的反應經常都這麼可愛嗎？」

啊？我睜大眼看他，不明白他的意思。這是在稱讚我？他聳聳肩，不打算解釋。

我的眼神又開始亂瞟，看到他的背包，突然想起那顆被我踢壞的鏡頭，「啊，對了，那顆鏡頭還好嗎？送修了嗎？需要賠多少錢，你再告訴我。」

他又盯著我看，我開始有點火大，到底爲什麼要這樣一直看我？我臉上有東西嗎？我忍不住從包包裡拿出鏡子，照了一下，明明就沒有，到底是在看什麼？

他笑著從口袋拿出他的手機，遞到我面前。

我疑惑地看著他。

「沒有妳的電話號碼，怎麼告訴妳要賠多少錢？」

我恍然大悟地點了點頭，然後試著要在他手機裡輸入我的號碼。但我實在不太懂他手機螢幕鎖要怎麼解開。

他突然站起身，彎下腰。這時，他的臉靠我很近。他一手抵著桌子，一手幫我滑開他的螢幕鎖，聲音在我的頭上方響起，帶著笑意說：「可以感覺出來妳眞的很不會用手機。」

才剛抬頭想要反駁什麼，才發現他的臉和我只距離五公分。也就是說，我的頭再抬高一點，他的臉再往下一點，就很有可能發生韓劇裡那種浪漫的情節，或是雪兒腦子裡那些下流的想像。

心跳不小心停了一下，我馬上低頭看著手機，心急地找著可以輸入電話號碼的地方。留下電話，我一定要快點離開這裡，這個人好像會把我變得很危險，再這樣下去，我都不知道自己會做出什麼事了。

找到撥號鍵後，連忙輸入電話號碼，把手機遞還給他。我拿著包包，眼睛避開他的眼神說：「那個，我還有事要先走了，如果院長回來，再麻煩你告訴她說我有事先走，下次再來看她。」

從來沒有如此慌張過。

像逃難似地跑出育幼院，攔了輛計程車，也沒有回去店裡，就直接衝到道元的火鍋店。我需要回到現實世界冷靜一下，而最快的方法，就是被雪兒罵一罵。我從來沒有這麼懷念過她的「幹」。

計程車停好，我付完錢就往火鍋店裡狂奔。看到站櫃檯旁的道元，我二話不說衝過去從後面抱住他。店裡面的員工都知道我們是好朋友，但這麼驚心動魄的場面他們肯定是第一次看到，嚇到他們一個個掉東西、跌倒、燙到手的。

讓你們受驚嚇，眞的非常抱歉。

說眞的，我也被自己的熱情嚇到。因爲太過慌張，看到令人安心的臉孔時，那種寄託感就這樣爆發了。

道元轉過身，看到我的表情，有點擔心地問：「妳怎麼了？還好嗎？」

我抬起頭看著他，放開手，對他點點頭，並不打算對他多說什麼，於是告訴他，「嗯，只是遇到變態。」殊不知我才是那個想太多的變態。

他驚訝地問：「有變態？在哪裡？妳家附近嗎？要不要報警？」

我搖了搖頭，抓我自己嗎？

他把我帶到老位置，這老位置平常不開放別的客人坐，只有我們三個人聚餐的時候才能用，這是雪兒規定的。

「妳先坐一下，我去幫妳倒點水。」道元說完就離開了。

我回到現實世界，心情也穩定了一點。想想，我也二十九歲了，雖然戀愛經歷沒有期望中順利，但該經歷的也都經歷過了，為什麼一碰到石光孝，我就好像變成十九歲一樣？二十九歲的此刻，發現我的少女情懷依然健在，我是不是應該感謝一下上帝？感謝祂沒有收走我身上的青春。

雙手托腮坐在位置上，想到剛剛的近距離，我就又忍不住抓了抓頭，再順便用力甩甩頭，「小心小心，很燙。」道元的聲音又把我拉回來。

「先喝點魚湯。」道元把碗放在我面前，塞了一支湯匙在我手上。

我舀起一口湯，可是怎麼都喝不下去。道元看我這樣，忍不住問：「小鐵，還是叫我媽帶妳去收驚，我覺得妳真的被嚇壞了，臉色好差。」

「不用啦，真的，我過一會兒就沒事了。」我開始喝魚湯，道元就坐在我面前，看著我喝魚湯。

「妳今天真的很奇怪，發生什麼事了？」他說。

「沒事啦。」我急忙回答。

他笑著嘆了一口氣，「柯小姐，妳以爲我們認識三天嗎？我今天不逼妳說，但下次妳一定要告訴我。」

我當然知道什麼事都騙不過他們啊！只好很認命地點了點頭。其實我也不是不說，只是不知道該怎麼開口，又該從哪裡說起。

「說什麼？」雪兒不知道什麼時候走到我們旁邊，還發出了疑問。

「沒有啊！」我故作鎮定地回答，雪兒是隻狐狸，被她看穿就麻煩了。

「幹，你們兩個現在開始對我有祕密就是了？」

我趕緊澄清，「哪有啊！眞的沒有，妳今天想吃什麼鍋？我們吃味噌鍋好不好？」希望雪兒可以順利被「吃」轉移注意力。

「味噌？好啊！快點啦！康道元，我今天應付了一堆客人，現在急需進食，不然一定會抓狂。」說完，雪兒整個人癱在道元旁邊的椅子上。

道元默默站起身，先去拿了一些小菜放在雪兒面前，「先吃點，不要吃太多，火鍋很快就好了。」

「康道元，你人眞好。」雪兒摸了摸道元的頭。

他笑一笑，沒有再說什麼，就開始去準備我們的食物。過沒多久，滿桌子都是火鍋料、肉片和青菜。有個開火鍋店的朋友眞的不用擔心會餓死，慶幸那時候道元沒去科技大廠上班，不然我們現在大概只有晶片之類的可以吃了。

火鍋上桌不到兩分鐘，雪兒的手機就一直嗶嗶叫。原來是她男友傳簡訊給她，她邊吃邊回，還笑得歡天喜地。坐在她旁邊的道元低著頭猛進食，頭連抬都沒有抬起來過。眞佩服他吃得下。

雪兒突然放下手機，興奮地對我說：「柯定鐵，我男友說他們主管和最近和女朋友分手了，聽說人還不錯，而且聽說他們家是望族，要不要幫妳介紹一下？」

我都還沒開口，道元就說：「小鐵這種個性，不適合嫁給望族。」

雪兒同感地點了點頭，「說得也是，她那麼不會講話，而且有時候反應又那麼遲鈍，會吃虧。」

我在你們心目中眞的有這麼差嗎？

我無奈地看了他們一眼，從鍋裡夾了塊米血。才要放進口中，道元馬上空中攔截，把那塊米血放進他嘴裡，他邊吃邊說：「妳胃不好，糯米製的東西不要吃太多，妳剛才吃好幾塊了。」

「喔。」連塊米血都不能吃，我只好難過地挾了高麗菜。

雪兒在一旁搖搖頭，不知道是眞生氣還是假生氣，「康道元，你爲什麼這麼偏心柯定鐵？只有她是你的掌上明珠就是了。

道元拿了衛生紙，擦掉雪兒嘴邊的沾醬，「我沒有偏心，因爲妳的胃很好，只是嘴巴有洞。」

我忍不住笑出來。

雪兒也忍不住嘆了一口氣，「你爲什麼是 gay，你不是 gay 的話多好，跟定鐵超配的。」

道元轉頭看了雪兒一眼，雪兒感受到道元的殺氣，馬上笑著說：「怎麼了，我說錯了嗎？」

我本來還想說些什麼，雪兒的電話就正好響了。

「我們等一下就吃完了，嗯，好啊！那你去租ＤＶＤ？我想看恐怖片……不要，我不想吃那個，你想吃自己買。啊，你的睡衣我今天早上洗了，不知道乾了沒有，你自己要再帶一套。什麼？收訊有點差……」雪兒站起身往店外走，邊走邊繼續講話。

她一走出店外，我第一直覺是先看了道元一眼。他眼睛裡閃過了複雜情緒。即使只有一秒，我也能感受到他的心情，於是伸出手握著他的手。

道元抬起頭，給了我一個微笑。

「不辛苦嗎？」我問。

他對我笑著，「辛苦。但又能怎麼樣呢？感情這種事，腦袋是靠不住的，靠的是這裡。」他指了指胸口，接著嘆一口氣，摸摸我的頭說：「不是嗎？」

我也嘆一口氣，忍不住又問：「你打算什麼時候跟雪兒說呢？」

他搖搖頭，「不知道，也許什麼都不說。」

我十分驚訝，他卻仍然笑著，「愛情的結果不是只有一種。也許在一起，也許不能在一起，但那都不能抹去或證明愛是否存在。說或不說，對我而言不重要，雪兒開心就好。」

他說話的表情，顯露出溫柔又帶點心痛的樣子，好像全身都在發光一樣。道元難道不是菩薩轉世嗎？

如果悲傷可以比較，那麼比起長時間單戀雪兒的道元，經常性分手的我，每次被甩的那些苦悶，頓時之間也變得像灰塵一樣輕了。

單戀雪兒的道元好辛苦。

吃完火鍋，雪兒的男友已經到店門口接她。本來他們要順便送我回去，但火鍋店距離家裡不遠，走幾條街就到了，所以我很浪漫地踩著月光散步回家。只是腦子裡一直想著剛剛道元說的那些話，還有他的表情。

唉，愛到底是個什麼東西啊？

回到家，定嫺正坐在二樓的廚房吃蛋糕配咖啡，還一邊聽著音樂看雜誌。我羨慕起她，不管做什麼事都可以這麼優雅。

「還沒吃晚餐？」我問。

她抬起頭揚了揚對我說：「剛到家，想吃點甜的。姊，妳要吃嗎？剛買回來的巧克力榛果蛋糕。」

我搖搖頭，「剛去道元家吃火鍋，太飽了。」晚上吃太多了，再吃下去，明天早上起床照鏡子，我看到臉又要大叫了。只要前一晚喝太多水或吃太多東西，我的臉隔天就會腫得像普渡用的豬頭。

「又吃道元家的火鍋，從小吃到大，妳都吃不膩啊？」定嫺笑著問我。

我搖了搖頭，眞的吃不膩耶。

「我去洗澡了，妳也別喝太多咖啡，都那麼晚了。」我說。

正要踏進房間，定嫻突然叫住我，「對了，姊，妳的手機好像在房間裡一直響，妳又沒帶手機出去了嗎？外出一定要帶手機，不然有事怎麼找妳？」

我不好意思地吐吐舌頭，走進房間。下午和蔣哲瑋去育幼院時太趕了，完全忘了要拿手機。

回到房間，在床上搜出手機，發現有三通沒顯示號碼的來電。我一直疑惑會是誰來電，平常會撥手機找我的人，按照頻率排下來，第一是雪兒，第二是雪兒，第三還是雪兒。但她來電不會沒有顯示號碼。

難道雪兒發生什麼事了嗎？

我馬上打電話給雪兒，不是剛跟男友回家嗎？應該不會發生什麼事吧！她一接起電話，我急得馬上問：「雪兒，妳沒事吧！吵架了嗎？他動手打妳嗎？妳還好嗎？」

「幹，柯定鐵！妳是發瘋喔？沒頭沒腦在說什麼？」她在電話那頭大吼，感覺身體很健康，精神也很好。

聽到她這麼有活力的聲音，我才穩定下來，「沒有啦，我手機裡有三通未接來電，以為是妳打電話給我。」

「是我的話，就會顯示我的名字啊，妳是在愚蠢什麼？」

只好默默地結束通話，再撥電話給道元，但道元也說不是他。知道我電話號碼的人眞的少之又少，一般的客人也都是撥到店裡找我啊……最後，我突然想起那個人。

石光孝。

會是他嗎？腦子閃過他的名字時，我馬上想起今天下午在育幼院發生的事，想起那一秒臉和臉近到只有五分公的距離，又讓我開始無上限、無下限地想像了。

我莫名其妙地覺得口有點渴，趕緊衝到廚房倒了水喝。還好定嫻已經上樓去了，不然看到我這樣猛灌水，一定會帶我去看醫生。

喝水時，不小心又想起五分公的距離，內心一顫，一口水差點噴出來。洗澡時，也想起五公分的距離，沐浴乳差點拿來洗頭髮。刷牙時，還是想起五公分的距離，差點拿洗面乳擠在牙刷上。連躺在床上閉著眼睛，想的依然還是五公分的距離，差一點掉下床。

石光孝的臉，在這個晚上，被我想了好多遍。

「幹，外面熱死了，什麼鬼天氣？昨天還下了好大的雨，今天外面溫度居然有三十四度，是要世界末日了嗎？」雪兒一進店裡就把高跟鞋脫掉，先是倒了桌上的水，呼嚕呼嚕地喝了一大杯，接下來整個人躺在沙發上然後亂叫。

我很適應失控的雪兒，怕熱的她，一個夏天會失控個八百萬次，按照台灣最近幾年的氣候，夏季時間愈拉愈長，她今年失控的次數可能會創新高。

我沒理她，繼續工作著。吳太太要去參加朋友婚禮，之前來店裡請我幫她做一件適合的衣服。吳太太個性比較內斂，不喜歡太華麗的禮服，所以我幫她做了一套藕色的長洋裝，藕色可以把她原本就很白皙的皮膚襯得更好看。

不管參加婚禮或是宴會，這些夫人們都會在裝扮上較勁。雖然吳太太喜歡低調，不過為了讓更衣服出色，我打算幫她多加一個胸花。我正在用黑色皮革和水鑽幫她手工縫製一個最適合她的胸花。

雪兒不知道什麼時候走來我旁邊，發出她專有的驚嘆聲，「幹，好美喔！我明年結婚的時候，也幫我做一個更漂亮的。」

沒聽雪兒說過明年要結婚，我驚訝了一下，那道元怎麼辦？「結婚？妳確定要結婚了？妳有這麼愛妳現在的男友嗎？」

她微微一笑，「前陣子就開始在討論了，快的話可能是明年。反正結婚好像也沒有什麼不好，年紀也差不多了……啊，還不知道啦！」

聽到她這麼說，我馬上大叫，「不行！」道元會傷心死的。

雪兒揉了揉耳朵，「幹，柯定鐵，妳是要嚇死誰？妳今天怎麼回事？一直叫來叫去的，妳在練肺活量嗎？我不嫁，妳要養我嗎？」

「好。」我養！反正小金和小銀也是我養的。

雪兒開始大笑，摟著我，「突然滿感動的。」我笑了笑，眞的想過，如果我們都沒有結婚，以後就一起住。

她突然眼尖地看到我工作檯上的手機，「妳轉性了喔？居然還記得拿手機下來，怎麼？在等電話？」

她一句話就打中我的要害。這幾天，我自己也不知道爲什麼，三不五時就察看手機，連上廁所也帶著。我告訴自己，不是期待石光孝打電話來，只是想知道他的鏡頭有沒有壞掉。

我每天都告訴自己，我真的沒有在等他的電話。

「沒、沒有啊……」那爲什麼回答雪兒時，我的聲音會這麼薄弱？

「柯定鐵，妳怪怪的喔！」她用手指著我，一臉好像我隱瞞什麼一樣，「快說！」

我急忙放下手上的胸花，站起身走到一旁的配件櫃裝忙，「哪有，妳想太多了。」

突然，手機鈴聲響了。

雪兒快我一步把手機拿走，「是沒有顯示名稱的耶！」她看著電話螢幕說。

是他來電嗎？

我急著跑過去，想把手機搶回來，沒想到雪兒已經快我一步接起電話了。果然常運動的人神經反應都比較快。

「喂？好的，稍等一下。」接著她把手機遞給我。

我看著她，緩緩接過手機，深呼吸一口氣，拿起話筒，「喂？」我聽到我的聲音在顫抖。

「您好，柯小姐，這裡是第二銀行，您是本公司本月分挑選出來的優質客戶，目前公司針對優質客戶……」

原來是電話行銷，那前幾天也是銀行打來的囉？突然覺得自己好像神經病一樣，這幾天居然在等銀行來電。

瘋子，我忍不住在心裡罵自己。

掛掉電話，心裡的失落感居然比蔣哲瑋甩掉我時更強烈。

這失落感來得有點莫名其妙。

「柯定鐵，妳知道妳現在的表情，跟以前剛開店時生意不好，一個月只接了一張訂單一樣難看嗎？最近發生了什麼我不知道的事情？還不給我說？」雪兒走到我旁邊，伸手勾住我的脖子。我是想說，但我覺得在我說出來之前，可能已經先氣絕了。

我試著拉開著雪兒的手，想呼吸一點新鮮空氣，但雪兒不打算放過我，還是猛勒著我，「妳還不快說？」

「我要死了……」我勉強擠出這幾個字，雪兒才放開我。我深吸幾口氣，才覺得自己活過來了。

接著，店裡的電話又響了，我走到櫃檯接起來。

沒想到是定嫻打電話回來。她一開口就說：「姊，我需要妳。」定嫻在處理公事上一向都非常冷靜，即使她的語氣還是一樣穩定，我仍然可以感受到，電話那頭的她真的遇到了麻煩。

「嗯，怎麼了？」我說。

「公司這次辦了一個公益活動，今天在拍宣傳海報，模特兒人來了，可是造型師生病了沒有辦法過來。狀況太過臨時，又沒有人可以支援，現在模特兒沒有衣服可以穿。我需要妳幫我帶一些衣服過來，要盡快，因爲模特兒六點有別的通告。」

「好，妳先告訴我模特兒的尺寸，嗯……三四、二五、三四。好，再來我需要妳告訴我這次公益廣告的概念，整體是走什麼風格？」這樣我才能帶符合需求的衣服過去。

掛掉電話，雪兒看著我，「妳平常跟定琦和定嫺吵架時也能這麼冷靜就好了。」

這何嘗不是我一直以來的希望？

可是，我只有面對工作才能比較冷靜。道元也說過，所有會動的活物都是我的剋星，我只好看開。

沒有時間再和雪兒抬槓下去，我開始忙碌起來，先走到架上挑了幾件衣服，再把可能用到的工具丟進我的百寶箱，然後提著那一堆東西往外衝，先鎖上門，放下鐵捲門。一轉身，雪兒已經把車子停門口了，「上車吧，我送妳過去。」她在車上喊著。

默契。

我會心地笑了笑，上了她的大熊……不要誤會，大熊不是她男友，是一台咖啡色的休旅車，因為雪兒喜歡咖啡色，所以一買來就直接送去烤漆，全台只有一輛。烤漆完成那一天，她給它取了名字叫大熊。

問她為什麼要叫大熊，她說：「想叫它大熊，就和我想罵幹一樣，沒有原因。」

雪兒用最快的速度，把我送到定嫻發簡訊告知我的拍攝地點現場。我下車前她還不忘對我說：「不要忘了妳還有事沒告訴我。」

我點了點頭，「下次再說。」轉身跑進攝影棚，定嫻已經在門口等我了。

「姊，謝謝妳。」她握著我的手說。

「沒什麼，模特兒在哪裡？我先讓她換上衣服。」接著，定嫻就帶我到模特兒休息室，沒想到人不在裡面。大家急著找她忙得一團亂時，才看到她笑著和石光孝一起從前方走了過來。

對，站在她旁邊的人是石光孝。

說不驚訝是騙人的，我真的非常驚訝。他和模特兒走到我面前，那女模特兒的手就勾在他的手上。我真的有一股衝動想拉掉那女模特兒的手。

我看著他，然後他也看著我。我不知道該說什麼，站在我旁邊的定嫻先出了聲，「石先生，跟你介紹一下，這是我姊姊柯定鐵，她是服裝設計師，我請她來幫忙。姊，這是這次負責攝影的石光孝先生。」

石光孝又露出美好的笑容，「嗯，我們見過。」

定嫻一臉驚訝地看著我，我點了點頭，「嗯。」

「那就麻煩兩位囉！時間有一點趕，先換衣服吧！」定嫻招呼我和模特兒到房間去。換了四套衣服，石光孝都不滿意。

「我覺得衣服還是太漂亮了。」石光孝這麼說。這次是的活動主題是希望喚起大家更重視家庭暴力帶來的影響。

我看著桌上那幾套衣服，覺得有一點無力，因爲定嫻在電話上跟我說明過這次的主題，所以我拿的衣服都是最基本的基本款了，沒有什麼裝飾，就只是很簡單的洋裝，我還能怎麼辦？

茫然地看著那幾套衣服發呆，時間愈來愈少，我也愈來愈緊張。

女模特兒在一旁也煩躁了起來，又走過去勾著石光孝的手，嬌嗔地對他說：「石大哥，找別間服裝店借就好了。」

「別著急，先看看服裝飾可以怎麼處理。」石光孝回答她，卻是微笑看著我。

還能怎麼處理？就直接剁掉那個女模特兒的手啊。看到她靠在他身上，我就全身不舒服，不管他笑得再好看，這一刻我都不想見到這個人。

這火氣來得莫名其妙，搞不懂爲什麼只要碰上他，我就開始變得莫名其妙。不想再去想這些事，把眼神拉回衣服上。突然瞟到了那幾套衣服底下那塊有點發黃的白色的桌巾，對比著那些衣服，我好像想到了什麼。

「給我十分鐘，馬上就好。」我抽掉了桌上的桌巾，拿出我的百寶箱，把模特兒帶進更衣間。

我先脫掉她身上的衣服，她尖叫了一聲，不停掙扎，「妳要幹麼？不要把這麼髒的東西放在我身上！啊！好髒，喂！」

我沒有理她，接下來拿出剪刀，開始整理她身上那塊桌巾，「妳如果再亂動，我可不能保證剪刀會刺到哪裡。」講出這句話還眞有點不好意思，這裡明明就是要拍反暴力公益廣告海報的地方，結果我現在好像一個施暴者。

「妳這個人怎麼這麼沒禮貌？」模特兒不停罵我，但我都當作沒聽到。十分鐘後，我和她一起走出更衣間。

模特兒馬上衝到石光孝旁邊拉著他的手，指著我說：「這造型師怎麼那麼野蠻？眞的很沒有水準耶，拿一塊髒布就往我身上放！」

看她撒嬌地打著小報告，說眞的，要是一般男人，大概會馬上衝過來呼我兩巴掌替她打抱不平吧。

但石光孝沒有理會她，走到我面前，眼睛發亮地看著我，開心地揚起嘴角，「我要的就是這種感覺，帶來的衣服材質太好，怎麼看都像是在拍時裝海報，不符合今天的氣氛，辛苦妳了。」

我也開心地搖了搖頭，「能夠解決就好了。」不明白這開心是因爲解決了衣服的事，還是開心石光孝沒有像一般男人一樣爲那模特兒打抱不平。

接著他轉過身對大家說：「開工！」

於是我站在一旁，又欣賞到他拍照的專注英姿。定嫺走到我旁邊，「姊，沒想到妳認識石光孝。」

「只是見過幾次面。」我說。

「他是業界大家搶著合作的攝影師，我們公司都是和他合作的。他住在加拿大，好像還有親戚在台灣，所以偶爾會回來。爲人還滿熱心公益的，拍公益廣告的收入都直接捐出來喔。」定嫺和我一起看著他拍照，一邊對我說。

我點了點頭，「是喔。」

「他和公司合作四五年了，像這種拍攝現場，常常都會有些意外，今天造型師沒來，原本模特兒也跟我說不拍了，剛剛還在耍脾氣，搞得工作人員心情都不好，只有他還是笑笑的。」

聽著定嫻的敘述，好想問這個人到底有沒有缺點？

拍攝完成，模特兒跑到他旁邊，和他一起看拍好的照片，然後撒嬌地拉著他的手對他說：「為什麼都只拍背面還有側臉？這樣人家就不知道是我了啊！」

他笑著安撫，「這次重點是公益，妳就委屈一下吧。」

請問那位模特兒的手有事嗎？一定要勾著才能講話？

「姊，妳還好嗎？」定嫻看到我的表情嚇了一跳，其實我也不知道我為什麼又莫名其妙生氣，和他不過就第三次見面，我到底是在火大什麼。

我恢復鎮定，對定嫻扯出微笑，「沒事，可能剛剛太緊張了。」

定嫻安心地點了點頭，「不要緊張，石先生人很好的。」

接著又不知道哪裡來的有感而發，定嫻看著遠方說：「可惜，愈好的男人愈不要碰。大家都想要沒有缺點的男人，可是沒有缺點就是他最大的缺點。」

我不明白地轉頭看定嫻，這對我來說難度太高了。

她笑了笑，摸著我的臉，「姊，除非妳有壯士斷腕的決心，不然，寧可愛上一個流氓，都不要愛上好男人。」看著定嫻轉身離去的背影，突然覺得，我這個姊姊都沒有好好關心妹妹。

我的定嫻，好像也有了煩惱。

拍攝很準時地在六點前結束。我整理桌上的衣服和我的百寶箱時，定嫻走了進來。「姊，我得先趕回去公司，老闆有事找我，妳自己坐計程車回家可以嗎？我會幫妳申請公費。」

我點點頭，「沒關係，妳快去忙妳的，我這裡整理好就會回家，妳不用擔心我，妳記得吃晚餐。」

定嫻拍了拍我的臉說：「好，那我先走囉！今天眞的辛苦妳了。」

我對她笑笑。收拾好東西之後，走出攝影棚，才伸出手打算叫計程車，我的手就被另一隻手拉住。我往身旁一看，居然是石光孝。他背著一個大背包，又對我露出那天使般的笑容，趁我發呆時，提走我手上那一大袋衣服和百寶箱。

「哇，妳的力氣眞不是蓋的，這麼重的東西，妳提起來好像很輕鬆。」

我回過神，「可能是習慣了。」伸出手，想把我的東西提回來，「我自己來就可以了。」

「走吧！我送妳。」他不理會我講什麼，提了我的東西就往前走。我只能跟在他後面，不停對他說我可以自己回家，但他完全沒有理我。

看到石光孝的車，我以爲我回到二十幾年前，爸爸開著車準備帶我和定嫻去玩的那一幕。他的車和爸爸的車一樣，我很懷疑這台車眞的能開嗎？它看起來幾乎是可以放到博物館的那種程度。

他看到我的表情，便說：「這是我外婆的車。」

我點了點頭。

坐在車上，聽著廣播，不知道是不是老車的關係，連流行音樂聽起來都有一種復古的感覺，說實話，還不錯。

他突然說：「妳比我想像的還有實力。」

我疑惑地看著他。

他面向我，笑得一臉燦爛「看過妳平常的樣子，眞的很難想像工作起來這麼俐落。」

「謝謝。」我只能這麼回答，感謝他的慧眼。

但我很好奇地問他，「平常的樣子是什麼樣子？」

「就傻呼呼的樣子。」他很直接地說。

「謝謝。」我回答得有點不爽，感謝他看得這麼透澈。

他笑出聲，「妳晚上還有其他工作嗎？」

我搖頭。

「那一起去吃飯吧。」他說。這句話後面不是問號，是句號。即使我說了幾次我不餓，或是不用了，他都是只是露出他的笑容回應我。

怎麼可以笑得這麼好看？我嘆了口氣，懶得再拒絕下去。

停好車，才發現他要帶我去的居然是道元的火鍋店。我站在門口，驚訝地看著他，他又笑笑地對我說：「朋友告訴我這間火鍋店很好吃，就想說一定要來吃一次。吃火鍋可以吧？」

我點了點頭，怎麼可能不可以，都吃十幾年了。

和他一起進火鍋店，店裡的員工看到我，一臉新奇地向我打了招呼，「嗨，鐵姊，今天和朋友來啊？」

我點點頭，石光孝轉過頭看我，疑惑著我怎麼和這裡這麼熟。但我也不知道要怎麼解釋。

「常來嗎？」他問。

我再度點點頭，沒有告訴他，一星期至少會吃兩次的那種「常」。點好火鍋，我左右張望，發現道元不在，稍稍鬆一口氣。我從沒有帶朋友來過這裡，雖然我沒有什麼朋友，但就連我的前九任男友，也沒有人被我帶來過。才正慶幸道元不在，他就突然出現在我後面。「咦？是小鐵，來啦！」我以為坐別的位置不會被發現，結論是我太天真了。那一瞬間我頭皮發麻，就好像高中被他們抓到我和學長談戀愛一樣發麻。

我轉過頭，扯開嘴角對他笑了笑。他走到桌旁，好奇地看著我和石光孝，石光孝也看著道元，我突然不知道該怎麼辦。

石光孝先出了聲音，對道元說：「你好，我是石光孝。」

道元聽到他的名字，愣了一下，後來也開始自我介紹，「我是康道元，是小鐵的朋友，很開心認識你。我看過你的作品集，在西藏拍的那些照片很令人震撼。」

道元的眼神，就像在書店找到絕版書一樣發出光芒。

道元平常不多話，今天話多到像機關槍一樣沒停過。沒想到他平常不太講話，居然也有這麼吵的一面。他和我們坐在一起，我很認眞地吃著火鍋，他不停向石光孝請教一些拍照的訣竅，石光孝也很有耐心地對道元說明，兩個人聊得好開心。

不知道的人眞的會以爲他們是一對。

後來，剛好有廠商來要找道元，所以他暫時先離開了一下。石光孝和我大眼瞪小眼地對坐著，好希望道元趕快回來，原來我們兩個人單獨相處這麼尷尬。

迴避石光孝的眼神，我低頭繼續吃火鍋。他突然笑了一下，我抬起頭看他，他問我，「是妳太喜歡食物，還是我眞的長得太難看？」

我不會回答，只能乾笑兩聲。

他看我發窘的樣子，笑著搖了搖頭，然後挾了米血和還有一些火鍋料給我。道元剛好走回來，看到便說：「小鐵胃不好，這個不能吃太多。」拿起筷子又把我碗裡的一些火鍋料挾走。

石光孝面帶笑容說：「你好了解小鐵。」第一次聽到他叫我的名字，感覺很新鮮。

道元也笑著回答，「從小認識到現在，我是像父親一樣的存在。」他說得一點也沒錯，他除了管雪兒之外，也都會管我家三姊妹。不要看他平常不多話，有時候一婆媽起來，那囉嗦程度眞的不是誰都可以忍受的。

接著，他們兩個人又聊起來。於是我安心地吃火鍋。用餐結束，石光孝要結帳時，道元不肯收，兩個人在那裡推來推去。直到我忍不住打了一個哈欠，他們才停止。

道元對石光孝說：「她累了，就麻煩你送她回去了。」

石光孝點了點頭。

坐在石光孝的車上，我忍不住說：「我覺得，道元在今天晚上把一整年要講的話都講完了。」

他一臉羨慕地笑彎了眼，「沒想到你們認識這麼久了，有這麼長久的好朋友眞是不簡單。我因爲工作的關係，以前的好朋友幾乎都聯絡不上了。」

關於這點，我的確很驕傲，忍不住繼續說：「我和道元還有雪兒是從小一起長大的，認識了十幾年，連對方的身分證號碼都背得出來。」然後我心虛地又補充一句，「是他們記得我的，我記性比較不好。」

「感覺得出來，是非常不好。連自己電話號碼都背不好的人，怎麼可能會背別人的身分證字號。」他繼續說。

我不明白他的意思，「嗯？」

「嗯？還是妳嘴裡說要負責，心裡其實沒有那個意思，所以留了個空號的號碼給我？」他皺了皺眉頭。

「哪有？我才不是那種人。」我馬上反駁。我一向遵守奶奶的訓示，做人要有三種基本態度：負責、進取、樂觀。

剛好到了家門口，他停好車，關掉引擎，拿起手機按了幾下，遞到我面前。上面數字顯示〇九ＸＸ一九九三九九，我疑惑地問他，「這是誰的電話？」

「妳上次留給我的號碼。」他很認眞地回答我。

我笑了出來，「怎麼可能，我的手機後六碼是一六六三六六，哪是九？」這號碼是雪兒特別幫我選的，配合我這記性不好的腦袋。

但他的眼神很堅定地告訴我，那眞的是我留的。於是我不好意思地收起笑容。

我突然想起什麼，不小心脫口說出，「原來是我輸入錯了，難怪我想說怎麼都沒接到你的電話。」正當我解決了自己的疑惑，他又露出那個誠懇得要死的笑容看著我。

接著他說：「原來妳一直在等我電話。」

我倒吸一口氣，爲什麼要把心裡想的講出來？拉著門的手把打算衝下車，他拉住我的左手，一臉認眞地看著我，氣氛就這樣凝結。在我心臟快跳出來時，他按下安全帶的扣環笑笑地說：「妳忘記解開安全帶了。」

我有一點惱羞成怒地看著他，有話不會好好說嗎？不會直接說嗎？一定要這樣拉拉扯扯嗎？

他又笑得眼兒彎彎，「哇，這是妳第一次這樣直接看我耶。」

可惡，又是這個笑容。這裡不能再待下去了，我急忙移開眼神，馬上轉過身開車門下車，打開後座的車門拿出我的袋子和百寶箱，走向家門口，從包包裡拿出鑰匙按下鐵捲門的開關，第一次覺得它捲得太慢。沒來得及等到鐵門全部捲上，我彎下腰就直接衝進去。沒想到一個失誤，額頭整個撞上鐵門，痛得我手上的東西全掉在地上。

撞那一下真的很用力，我都頭昏眼花了。

沒想到扶我起來的人不是石光孝，而是蔣哲瑋。

「小鐵，妳沒怎樣吧？」他一手抬起我的下巴，一手撥開我額頭的劉海，緊張地看著我的傷痕。

我看著他的臉，再看看旁邊的石光孝，真心不知道現在是什麼狀況。

我馬上掙脫蔣哲瑋的手，退後一步說：「我沒事。」忍不住轉頭看了一眼石光孝的表情，他依然笑笑的。

蔣哲瑋順著我的眼神，才發現石光孝也在旁邊，好像看到獵物一樣開心，「阿孝！

你怎麼也在這裡？」他看看我，又看看石光孝，再看看騎樓外的車子，接著說：「你送小鐵回來？」

「下午一起合作案子，順道送她回來。」他解釋著。

蔣哲瑋拍著石光孝的肩膀，「同學，真的很不夠意思，不是說不接 case 嗎？上次跟你說的案子就幫忙一下啊，我老闆很欣賞你才一直等你，沒有找別的攝影師耶。」

石光孝笑著回應，「只是去幫忙拍個公益活動海報，其他案子過一陣子再說吧！」接著轉過頭問我，「還好嗎？需不需要幫妳擦藥？」

我都還沒開口，蔣哲瑋就回答，「不用擔心，我會幫小鐵擦藥。」這句話讓我很想揍他。

氣氛突然變得有一點詭異。

三個人突然都沒有再說話。雖然不知道沉默了多久，但就算只有幾秒，對我也像是一個世紀這麼長。石光孝微微一笑，對我說：「那妳好好休息。」接著就開車離開。看著他的背影，我好想向他解釋點什麼，但他已經離開了。

蔣哲瑋還好意思在一旁碎碎唸，「真的很難搞，有錢給他賺還不要，要不是老闆堅持要他，我才不想這麼低聲下氣。」

沒有打算理會他的碎碎唸，我直接問他，「怎麼來了？有事嗎？」

他回過神來，晃了晃手上的袋子，「不好意思，小鐵，我後天要去馬來西亞出差，新買的衣服有些不合身，妳可以幫我修改一下嗎？」

頓時我眞的很想大叫，對前女友這麼物盡其用可以嗎？

有時候眞的是自作孽不可活，對前男友仁慈，就是對自己殘忍。難怪雪兒都不和前男友當朋友。她說那就像是拿隻蟲在自己屁股上招癢，我現在終於明白了。

用最快的速度解決蔣哲瑋的衣服，我回到房間躺在床上，開始想著那天在書店，我和雪兒在講電話，不知道石光孝聽到了多少。他應該知道我和蔣哲瑋分手了吧！如果是這樣，我又和前男友這樣糾纏不清，他會不會覺得我很隨便？但重點是我爲什麼要那麼在意他的想法？

就這樣，我無能的腦袋，又因爲今天晚上這件事開始迷糊了起來，連澡都沒有洗，一路昏睡到隔天早上。勉強起身進浴室梳洗一下，從鏡子裡一看到自己的臉，我馬上大叫。額頭上腫了好大一塊，連劉海都蓋不住的那種程度，而且一碰到就好痛。

這怎麼見人？

梳洗完，發現定嫻和定琦都出門了，我走到一樓，先跟小金小銀聊了一下昨天晚上發生的事，但牠們不是很想理我的樣子，我只好開始打掃，按下鐵捲門開關，轉身走到櫃檯拿報紙準備擦大門的玻璃。沒想到一走到門口，我被站在門外的石光孝嚇到差點跌倒。

我穩定了一下心情才打開門。他帶著微笑走進來，在店裡晃啊晃的，「這個衣架好特別，這是漂流木嗎？」他問。

「不是，只是很像，我還用雕刻刀處理過。」我回答

他逛了店裡一圈，我也跟在他身後，把店裡的一切解釋了一遍。後來他坐到沙發上，帶著笑容看著我。

我坐在他對面，也看著他，內心每次都有一樣的疑問，爲什麼有人笑得這麼好看？

他突然伸出手撥開我的劉海，看到我額頭上的傷痕，笑容馬上消失，「妳昨天都沒有擦藥嗎？也沒有先冰敷消腫一下嗎？」

「我睡著了。」我很誠實地回答。

「哲瑋沒有幫妳擦藥嗎？」他問。

一聽到蔣哲瑋的名字，我急忙解釋著，「他只是請我幫他改一下衣服，因爲他說要去新加坡……還是馬來西亞？反正就是要去出差，可是他買的衣服太大了，所以請我改小，然後……」

他從口袋拿出一瓶綠色藥膏，挖了一點在手上，走到我旁邊，沒等我說完話就撥開我的劉海，直接按摩著我的傷口。我只能說那種痛肯定和生小孩差不多痛，雖然我沒有生過小孩，但我眞的覺得和生小孩的痛有得比，痛到我都快哭了。

就在我以爲眼淚會流出來的那一刻，他收手了。我整個人虛脫地癱在沙發上，像生完小孩一樣。

「還好嗎？」他問。

我搖搖頭，「你去問生完小孩的人，看她們是不是還好。」

他笑了笑，靠在我身邊，手還放在我頭髮上。這動作有點太親密，我疑惑地問：「不是擦好了嗎？」

「藥還沒完全吸收，我怕妳的頭髮會沾到藥膏。」他講完這句話，又衝著我笑。我眞的覺得他背後有翅膀，頭上還有一道圓圓的光暈。忍不住想再問一次，他難道不是天使下凡嗎？

看著他的臉，不自覺對他說出從昨天晚上就一直好想說的一句話。

「我和哲瑋已經分手了。」說完，我真的很想剪掉自己的舌頭。現在這個姿勢，講這句話是想表示什麼？

對，分手了，所以石光孝想怎樣就怎樣嗎？還是我想怎樣就怎樣？我這樣子，跟那種穿著性感內衣，對著來家裡修水電的工人說老公今天晚上不回來的太太有什麼不一樣？

我在幹麼？

我真的覺得好丟臉，馬上跳起來，衝到縫紉機前坐好，隨便拿了布就踩了起來。聽著嗒嗒嗒的聲音，在心裡祈禱他沒有聽到我剛講的那句話。

我低著頭，聽到他說：「妳先忙吧，我還有事先走了。藥膏我放在桌上，妳睡覺前要記得擦。」

我頭也沒抬，還是踩著縫紉機就直接回答，「嗯。」

關門前那一刻，他突然喊了我的名字，「柯定鐵！」

我聽見這一聲叫喚，驚訝地抬起頭。他笑著對我說：「那天在書店我就知道了。」

他對我眨了一下眼睛，然後離開。

這位先生，你眼睛有事嗎？

他一離開，我馬上按掉縫紉機的開關，抬起頭看著桌上那一瓶藥膏，覺得自己好像瘋子一樣。我到底是怎麼了？想到我講的那句話，我就懊惱得忍不住拍了自己的額頭，然後又痛到跳起來。

爲什麼我要特別解釋？好啦，解釋人家也知道的事情，糗了吧？

「喔喔喔喔喔喔！」我好像全身長了蟲一樣動來動去，不想承認自己剛剛講過那句話的事實，可是偏偏我眞的講了。過了兩分鐘，我才抱著頭冷靜下來，抬頭往他剛才離開的方向望去。

我又嚇了好大一跳，從椅子上跳起來。

雪兒和道元就站在門口，雪兒雙手交叉擺在胸前，腳還不停地跺著地板，一臉莫名其妙地瞅著我。道元則是提著袋子，一臉擔憂，好像覺得我中邪了一樣。

我們對看了十秒，雪兒很豪邁地開門朝我走過來。我有一點驚恐，想緩緩退後，誰曉得她動作加快，兩秒內就突然衝過來，站在我面前說：「幹，柯定鐵，妳知道妳剛剛有多像一隻猴子嗎？」

這麼說眞的是污辱了猴子。

她轉身走回沙發坐著，用食指指著我，勾了兩下，「過來坐好。」道元愛莫能助地看著我。

如果道元是慈父，雪兒就是那個嚴母。

我只能拖著沉重的腳步走到雪兒旁邊坐著。她突然拿起桌上那瓶藥膏，好奇地問：「這是什麼？」

「藥膏。」我像做錯事的小孩，很俗辣地坐在一邊。

道元接著問：「肩膀又痠痛了？就說工作要有一個限度，妳自己一個人而已，不要接太多案子。還是昨天晚上又熬夜了？」長時間使用縫紉機，我的肩膀和腰都有職業傷害，痠痛什麼都算很正常。

「沒有啦。」我邊說邊搖了搖頭。

雪兒眼尖地透過我劉海間隙看到傷口，直接伸手撥開的我的劉海，很不可思議地說：「幹，妳知道妳額頭有多腫嗎？妳難道就不能老實點，不要老是受傷生病有的沒有的嗎？」

我點了點頭。我眞的知道，我早上照鏡子的反應也和她現在一樣。

「怎麼會撞成這樣？」道元看到我的傷口，想碰又不敢碰。那傷口腫得像菜粿一樣，他會露出這樣的表情眞的很正常。

我很老實地說，因爲不小心撞上還沒開好的鐵捲門，就變成這樣了。雪兒先是用了所有她會的髒話嫌我蠢，道元又問爲什麼沒有先冰敷消腫，我只好說出是因爲蔣哲瑋來請我修改衣服，忙完已經十二點多，太累就睡著了。

雪兒很不爽，又用剛剛罵我的那些髒話再罵了蔣哲瑋一次，「他眞的很好意思耶！而且妳爲什麼不拒絕？忙工作就算了，結果竟然是忙著幫前男友改衣服，妳精神異常嗎？昨晚撞了鐵捲門之後就變白痴了嗎？前男友三個字會寫嗎？前、ex的意思需要我解釋給妳聽嗎？」

我知道雪兒很生氣，但當下我眞的不知道怎麼拒絕。

「以後不會了。」我說。

「幹，鬼才相信，妳就是……」不得不說雪兒眞的很懂我，拒絕這門藝術，我一向是學得不好，還好這時她的手機響起，轉移了她的注意力。

她接起電話，表情不是很好地走了出去。應該是男朋友打來的，而且可能昨天還吵架了，透過玻璃門可以看出她非常激動。

我看了道元一眼。

「好像從昨天就和男朋友吵架了。」他很有默契地回我。

我點了點頭。

「昨天光孝不是送妳回來嗎？」道元拉回我放在雪兒身上的視線。

聽著他的問話，我突然覺得生命有了一線生機，便把發生的事全部告訴他。「你知道我講完那句話之後，有多想用衣服把自己埋起來嗎？你說這樣會不會讓他想太多？我其實沒有別的意思，只是我自己也不知道爲什麼要那樣說，我是不是撞壞腦子了。」我哭喪著臉看著他。

道元卻笑了，用一個爸爸的眼神對我笑了。

他的表現令我疑惑不已。

他帶著微笑，嘆一口氣，「小鐵，我第一次覺得妳是個女人了。」

「什麼意思？」我不明白地問。

「我從來沒有看過妳有這樣的表情，除了我們和定嫺定琦之外，妳從來沒有爲其他人慌張過。即使是妳之前交往的男人，不管是戀愛中，還是分手時，妳只是會有點難過，但我沒看過妳表現出慌張，妳現在這樣好可愛。」完全就是爸爸的語氣，很欣慰女兒長大了似的那樣。

要是平常，我會很感動。但現在我一點感覺都沒有，只能看著他，希望他可以講得更白話一點。

「先別想太多，我不知道妳對他是什麼感覺，但我只能說，他對妳而言是特別的，所以妳才會有這麼特別的反應。至於那個特別，是朋友之間的喜歡，還是男女之間的喜歡，就只能靠妳自己去了解。」

透過這麼白話的說明，我終於了解，原來石光孝在我心中是特別的。

「你當初怎麼發現自己喜歡上雪兒的？」我很想知道別人到底是怎麼確定自己喜歡或愛上一個人的。就算談過幾次戀愛，我到現在也不敢很堂堂正正地說我眞的愛哪個人。

我覺得，要說出我愛誰這種話，眞的需要很大的勇氣。

道元看著我，想了一下，「好像是一天沒有聽到她罵髒話，就會覺得全身沒力氣。」

我忍不住笑了出來。

「不是每個人生出來就知道愛是怎麼一回事，妳知道嗎？我一直很贊成妳去談戀愛，不要覺得自己在戀愛這方面很失敗。有些人很幸運，一輩子只要愛過一個人，就可以明白愛是什麼。可是有些人更幸運，他一輩子可能要愛過一百個人，才能明白愛是什麼。」

我不能接受，「愛了一百個人才知道愛是什麼，這樣還算幸運喔？」

道元理所當然地說：「當然啊，愛上第一個人就懂愛的機率是百分之百，愛上第一百個人才知道愛的機率是百分之一。百分之百和百分之一，買一定會中的樂透，和買不一定會中的樂透，哪一個中獎之後你會覺得幸運的？」

我說：「百分之一。」如果照他的說法，應該是這樣。

他笑了笑，坐到我旁邊，摟著我的肩膀說：「很多事情，換個想法，感受就會不同。不管需要愛過幾個人才懂得愛是什麼，至少我覺得，肯去找答案的人很勇敢。」

我完全了解他爲什麼可以喜歡雪兒這麼久而不會內傷。處理情緒這一塊，道元眞的是高人。至少，聽完道元說的話，我心情穩定不少，不會再因爲這些沒有經歷過的感覺而慌張不安。

因爲，這一切只是在說明：我可能眞的喜歡上一個人，我可能喜歡上石光孝了。

突然很想用一下雪兒的台詞，「幹，這感覺眞是新鮮！」但我還來不及說出口，台詞的主人已經走了進來，而表情非常難看。

換我問她，「雪兒，怎麼了？」

她很冷靜地回答，「沒事。」但我知道她其實一點都不平靜，而且是即將要爆發的前兆。雪兒說的話愈短，表示愈有事。

我和道元對看了一下，我們都知道大事不是很妙。

雪兒忽然看著我，「妳還沒跟我說妳最近是怎麼一回事，不是在等電話的樣子，就是把自己搞得像隻猴子一樣。」

我們之間是沒有祕密的，我也很願意告訴雪兒。但我知道她現在心情不好，我比較在乎她到底怎麼了。

而且，突然要我說這幾天發生的事，我實在不知道要從哪裡開始說起，我表達能力又這麼差……於是我忍不住看了道元一眼，希望他給我一點意見。

道元也看了我一眼，我們兩個還在想要怎麼開頭，雪兒就拿著包包站起身，發火地說：「隨便你們，每個人都有事瞞我，現在連你們兩個也是。不想說就算了，反正全世界都對我有祕密。」然後轉身就走，門「砰」地一聲關上那一刻，我看到門上鑲的那一大塊玻璃在晃。

三秒內她就從我們面前消失。

我和道元對看了兩秒，我指著門口，道元已經衝了出去。雪兒突然這樣甩門走人還是第一次，把我給嚇傻了。

我只能站在原地發呆。她平常只是嗓門大，我們都很習慣，可是像這樣生氣的樣子我只看過一次，是高中的某一次考試時，別的同學作弊，老師不分青紅皂白地認爲坐在旁邊的雪兒也有分，就當場撕了她的答案卷。她和老師大吵一架，也不考試了，拿著包包就跑回家。

雪兒遇到什麼委屈了？我想知道的只有這個。

可是，接下來的時間，道元和雪兒好像同時消失了。我以爲道元找到雪兒後會馬上打電話給我，但我始終等不到道元的電話。心急的我，只好先撥了電話，想問道元現在的狀況，鈴聲卻一直響到轉進語音信箱。再打火鍋店的電話，員工說他還沒回去。不管雪兒有多火大，我還是做好被罵的心理準備，打電話給雪兒，卻是直接關機。

這兩個人怎麼了？

我就在店裡面晃來晃去，客人進來我也沒心思打招呼，想到就打電話給他們兩個人，但一樣是關機的關機，沒接的沒接。這一刻，我真心覺得，最近這幾天是我活了二十九年來最刺激的日子。

我看著櫃檯上的電話發呆，門口突然有男生的聲音。我以爲是道元，急忙一抬頭，結果是凱莉和他的男助理來了。凱莉是我大學時期的同學，現在開了一個工作室當起造型師。她笑著朝我走過來，「怎麼啦？看到我表情這麼失望？」

「沒有啦。」

「定鐵，我最近接了一個case，妳有那種穿起來讓人散發女神氣勢的短禮服或者是洋裝嗎？我需要不少件。」

我快速地把店內的衣服想過一遍，「有幾件，我拿給妳看看？」

凱莉點了點頭，我便開始從展示架上和倉庫裡找衣服。她和助理則是在店裡看著其他的衣服，邊看邊說：「小鐵，妳不打算去把大學念完嗎？」

我邊忙邊回答著，「沒有這打算。」比起念書，我更想接觸可以學習更多實務經驗的環境，學歷對我來說沒有那麼重要。

「喂，妳櫃檯後面那桿子吊的衣服是妳做的嗎？」

我從倉庫走了出來，對她點了點頭，把手上的衣服遞給她，「妳看看這些可不可以。」

男助理接過我手上的衣服，凱莉拿著我最近的成品，一臉疑惑，「柯大設計師，這不太像妳的風格。」她轉過頭來邪邪地笑著問：「妳交男朋友了？」

我笑了笑說：「沒有。」

她一臉不相信地說：「這麼有女人味的衣服，不管是布料、花色，我從沒有看妳設計過。」

我沒有回答，只是笑著，連衣服都說出我的心情，全天下大概就我這麼後知後覺，談了九次戀愛都不知道談到哪裡去了，有夠遜。

「這幾套眞不錯，有沒有考慮量產？」她繼續問。

我搖搖頭，量產也許可以獲利更多，可是我不想這麼做。每個人都希望自己是特別的，所以我希望客人穿上我的衣服之後，就算平凡的人，也會覺得自己很特別，可以充滿自信地走著、笑著，那不是一件很幸福的事嗎？

雖然因爲這偏執的想法被雪兒罵過、被定嫻唸過，但我還是想堅持下去。柯定鐵不需要賺大錢，只要快樂地做自己想做的事就好了。

「那這幾件我也拿走囉？」她指著我的新成品。

我點了點頭。

凱莉拿完衣服走了之後，我又繼續找道元和雪兒，依然聯絡不上。還在想有沒有其他方法可以聯絡他們兩個人，定琦突然從背後喊我，「姊，我回來了。」

我嚇了一跳，轉過頭去，「喔，妳回來了喔？怎麼那麼早？」

她含著棒棒糖，一臉疑惑地看了一下時鐘，「六點多了，會很早嗎？」

又這麼晚了，我完全沒有注意到，「吃過飯了？」

「吃了，我上樓去了。」說完，她就轉身上樓。

我繼續想著該怎麼聯絡道元和雪兒。

突然，一根棒棒糖出現在我面前。我抬起頭，是定琦，她遞棒棒糖給我，對我說：「妳今天看起來有點不ＯＫ，累的話就早點關店休息。」

我感動地點了點頭，把棒棒糖接了過來。

於是，我提前打烊，拿了手機、錢包，向定琦交代一下我要出門，順便叮嚀她早點睡，就搭了計程車到雪兒家。可是她家裡沒有人在，我只好在門口等，等了將近兩個小時。我不停撥號，一直到手機快沒電，道元才終於接了電話。

「你有沒有遇到雪兒？她還好嗎？」我著急地問。

「吵了一架。」他說。

道元居然和雪兒吵架，這不是要世界末日了嗎？雪兒再怎麼欺負他，他也從來不回一句話。認識這麼多年，第一次聽說他們吵架。

「怎麼會這樣？你在店裡嗎？我過去找你。」我擔心地說。

「不用了，妳好好休息，反正過幾天就沒事了。」道元的聲音聽起來眞的很不像沒事的樣子。

「可是……」才說完可是，手機就完全沒電了。

我有一點自責，不希望因爲早上的事害雪兒和道元吵架，畢竟道元的心情，我比誰都要了解。我決定繼續在雪兒家門口等待，這一等，我從晚上七點等到十二點半才看見她回家。

還是醉醺醺地回家。

她從計程車下來，步伐不穩，我走過去扶著她，她看到是我，帶著酒意笑著說：

「這是誰啊？不就是我們的掌上明珠柯小姐？」

不知道爲什麼，聽到這句話，我心有點酸酸的。我沒有回應，陪著她上樓，讓她坐在沙發上，幫她倒了杯水。她接過去，咕嚕咕嚕地喝完，水流得全身都是。我又趕緊到洗手間拿了毛巾幫她擦。

她看著我的臉，然後用左手捏了我的右臉，接著說：「我現在不想看到妳，妳可以走嗎？」

我非常驚訝，不明白她爲什麼會對我說出這句話。

「可以不要再對我露出這種表情嗎？每次看到妳這種無辜的表情，我就覺得很厭倦，都十幾年了，妳夠了沒有？照顧妳十幾年，我也會累，妳這表情大可以去露給康道元看，反正他最疼妳不是嗎？每次三個人在一起，就好像我是多餘的，眞的很煩。」她晃回房間，然後用力關上門。

我站在她房門口，消化她說的每一句話，動彈不得。我活在自己的世界，她和道元走了進來，把我的世界點綴得這麼美好。我卻從來沒有認眞走進他們的世界，我從來沒有想過雪兒的心情。從小到大，他們就這樣陪著我到現在，我一直是感激的，但這樣不夠，我只是在接受他們對我的好。

這麼久以來，雪兒總是陪在我身旁，在奶奶過世的那一天，她對我說：「以後我會照顧妳。」我就開始習慣讓她照顧。十幾年了，她會有多累？

想到這，我忍不住責備自己。

站在她的房間門口，我忍不住叫了她的名字，「雪兒，對不起。」但沒有得到回應，過了五分鐘，我落寞地離開。

搭了計程車到道元的火鍋店，但我站在門口不敢進去。是我害道元和雪兒吵架的，我還有什麼資格讓道元來安慰我？突然覺得自己眞的是一個很差勁的人，如此地自私。

我蹲在火鍋店門口的盆栽旁發呆，不禁納悶起來。怎麼不到一天，這個世界就變得這麼陌生呢？

「蹲在角落畫圈圈這麼好玩？」

聽到背後有聲音，我轉過頭去，居然是石光孝。看到他的時候，瞬間想到早上發生的事，但現在我已經沒有心情覺得不好意思了。

他也蹲到我旁邊，「來找道元的嗎？他在裡面。」

「嗯。」

「我和朋友來這裡聚餐。」他繼續說著。

「喔。」我無力地回答。

「妳還好嗎？臉色很差。」他問。

「嗯。」很不好，但又能怎樣？

他還想說什麼的時候，他朋友突然叫了他，「阿孝，續攤，走了。」

「好，你們先走。」他對著朋友揮了揮手。然後轉身問我，「妳打算在這裡蹲多久？」

「不知道。」我很誠實地說。

他看了我一會兒，嘆一口氣，伸手撥開我的劉海，盯著我的額頭問：「妳有沒有擦藥？」

哪裡來的美國時間擦？我沒有反應。

他拉起我，「走吧。」

「去哪裡？」我問。

他沒有回答我。當車子再次停好，我們已經抵達在巷子裡的海產店外，準備參加他和朋友的續攤。不是才剛吃完火鍋？又來吃海產，還叫了一大堆啤酒，胃是有多大？

坐下後，石光孝先介紹了他的朋友，指著一個有點肚子的中年男子，「他是阿步，也是攝影師。」再指了另一個光頭戴著黑框眼鏡的男生，「這是Vencent，廣告公司老闆。」再指了一個穿著很時尚，但很瘦小的男生說：「這個是Summer，化妝師。」

接著他指指我，「她叫小鐵。」

我勉強自己笑了一下，「你們好。」然後繼續活在自己的世界，雪兒在生我的氣，道元因爲我受傷的那個世界。

我嘆了一口氣，他轉過頭看我，摸了摸我的頭，突然伸出他的左手握住我放在桌下的右手。我抬起頭看他，他笑著，又緊握一下我的手。

如果這是他給我力量的方式，我很感謝。

他和朋友聊天，我坐在一旁發呆，但此時有聲勝無聲，這種吵鬧的地方，至少可以讓我不被安靜吞噬。

我默默端起面前的酒杯。基本上道元和雪兒是不讓我喝酒的，因爲我發酒瘋會有一些暴力行爲，爲了別人的安全著想，他們禁止我飲用任何酒類，需要喝酒的場合，都是他們幫我擋。

我知道我不能喝酒，但我心情太差，實在很想喝。喝了一杯啤酒之後，我又幫自己倒了一杯，然後一杯再一杯，接下來是新的一瓶。

石光孝問我，「妳可以嗎？」

我點點頭。

「如果妳很想喝，放心喝，我會照顧妳。」他這麼回答我。

「不用，現在開始誰都不用照顧我，我可以自己照顧我自己。我不需要誰的照顧，連雪兒都說她累了。」我把手從他的手中抽回，很敏感地回答。

他一臉疑惑，隨即笑了笑，摸摸我的頭，「好，妳開心就好。」

我又喝掉手上那一杯酒，石光孝繼續和朋友聊天，說著我聽不懂的東西。我無聊地東看西看，突然看到很像雪兒男友的一個男生從對面的 pub 走了出來。雪兒和現任男友交往將近兩年，我們有時候會一起吃飯，當然那飯局裡不會有道元，他總是迴避任何一場會有雪兒男友的聚會。

從以前到現在都是。

他站在門口，我起身走了過去，腳步有一點浮，石光孝在我背後喊著，「小鐵，妳要去哪裡？」

這條小巷子的寬度只有兩公尺左右，走了差不多十步，我就站到雪兒男友的面前對他說：「你在這裡幹麼？你不知道雪兒心情不好嗎？為什麼沒有陪她？」她現在最需要的就是有人陪她。

他先是驚訝地看了我一眼，原本要說什麼，後來又沒說出來。

「你說啊！你在這裡幹麼？為什麼不回去？」我指著他問。

五秒後，店門口衝出一個女生，直接撲到他身上，勾著他的手，笑著說：「走吧！

去你家還是我家？」

「不回家要去哪？」我打了一個嗝。

那個女生轉過頭，發現我的存在。我上前拉開那個女生的手，頭暈暈地對她說：「不要隨便碰雪兒的男朋友。」

她有點生氣，作勢想要打我，石光孝把我拉到他後面，對那個女生說：「對不起，她有一點醉了。」

誰醉了？我掙開石光孝的手，又往前走去，我的腳步有點不穩，拉了雪兒的男友，「走，和我一起去雪兒家。」

那女生拉住雪兒男友的另一隻手，朝石光孝大吼，「她醉了你爲什麼不把她帶走？搞什麼啊？」

雪兒男友突然用力甩掉我的手，「我和雪兒分手了。」

「分手？什麼時候？」怎麼可以分手？她不是還說要和他結婚？

那個女生摟著雪兒男友，一臉驕傲，「她發現我們兩個在一起的時候。這樣妳聽懂了嗎？」我看著那女生的臉，認眞聽進她說的每一個字。

有，我聽懂了，懂透。

下一刻，我先出手呼了那個女生一巴掌，再揮了雪兒男友一拳，「你居然偷吃，雪兒還說要和你結婚，你下地獄吧你。」邊說，我的手還不停地忙著。我不知道我揍了他幾下，呼了他幾個巴掌，抓掉了那個女生多少頭髮，我只是生氣，「你們麼可以欺負雪兒，誰都不可以欺負她！」

誰都不可以欺負雪兒。

「欺負雪兒最凶的就是妳了，孩子。」奶奶坐在秋千上，拿著一杯星巴克，在那裡晃啊晃的，又可以看到奶奶眞好。

我難過地說：「奶奶也覺得我欺負雪兒嗎？」

奶奶笑了笑，「她也欺負妳啊！朋友之間本來就是欺負來欺負去的，有什麼關係。」

「奶奶，可是雪兒……」奶奶沒等我說完，便出聲打斷我，「上帝 call 我，我要去下棋了。」

奶奶消失的那一刻，我醒了。

醒來，我感覺全身都好像被車子輾過一樣，不誇張，是大型砂石車輾過的程度，肩膀、背、手臂好像全部重新組合過，連要睜開眼睛也覺得好困難。好不容易坐起身，我立刻痛到叫奶奶。

「奶奶，好痛！」我一手按著頭，一手敲著大腿。

「我也很痛。」有人回應我，而且是男生的聲音，我嚇得張開眼睛。

石光孝就躺在我房間裡的貴妃椅上，帶著微笑看我。

他的臉上有兩道抓痕，好像是指甲劃到的，淺淺的、紅紅的，身上的襯衫肩線脫落裂開了，還有兩顆釦子在那裡晃啊晃的，我想起昨天晚上發生的那些事，按照他的樣子來推想，覺得大事不太妙。

他坐起身，和坐在床上的我對看，然後很無奈地說了一句，「妳是健達出奇蛋嗎？每次都有驚喜。」

我羞愧地低下頭。

他站了起來，提著醫藥箱走到我旁邊，把床邊化妝檯的椅子拉了過來坐在我前面，再拿起化妝檯上的小鏡子，放到我面前。看到鏡子裡的自己，我忍不住放聲尖叫。

「啊！」我的臉！

原本就撞到的額頭還是很腫，嘴角、眼睛旁都瘀青了，臉頰兩邊還有一些擦傷，上次定孄公司拍的家暴公益海報應該找我去當模特兒的，非常適合。

石光孝笑著對我說：「昨天我送妳回來時，定嫻也是這種反應。」
對不起，定嫻，姊姊帶妳去收驚。
「昨天晚上本來要幫妳擦藥，但只要有人靠近妳，妳就揍人，我們只好放棄。定嫻一早去上海出差，另一個吃棒棒糖的妹妹去上課了，所以我留在這裡。」他解釋著。
我懊惱地點了點頭說：「對不起，害你臉上也受傷了。」
他聳了聳肩，「沒關係，能夠看到妳那記漂亮的右鉤拳，我覺得很值得。」
看到他這麼讚許的表情，我知道這一切都毀了，在他心目中我可能就是個暴力女。明明是白天，但我眼前一片黑。這世界怎麼了？我嘆了一口氣問：「他們還好嗎？後來怎麼結束的。」
「男的臉上的傷比妳還嚴重，女的流了鼻血，後來他們先走了，因爲知道打不過妳。」我不懂他的表情爲什麼看起來這麼驕傲？
喔，天啊！我忍不住往後躺，虛脫地癱在床上，好想消失。
「奶奶沒有教過妳，有男生在房間時，女生最好不要躺得這麼豪邁嗎？這是某程度的邀請，妳不知道嗎？」他笑著說。
我感覺到肚子的涼意，發現睡衣翻到肚子上方，連忙坐起來，把睡衣拉好……睡、睡衣？我居然穿著睡衣？驚訝地抬起頭看他，「是定嫺早上要去機場前，趁妳熟睡幫妳換的。」他趕緊解釋。看他那慌張的表情，希望不是擔心被我揍。

他一定怕死我了。察覺有這個可能，我整個人像洩了氣的皮球。

他拍了拍我的臉，在我眼前露出迷人的微笑，「我覺得妳先去洗個澡，出來我再幫妳上藥會比較好。」

我點了點頭，雙腳踏到地上的那一刻，無比的痠痛從腳底傳來，「嘶——」我忍不住叫了一聲。

「需要幫忙嗎？」他說。

我馬上拒絕，「不用，我可以自己洗。」

他笑開來，笑聲迴盪在我房裡，「我是問需要扶妳到浴室嗎？」

我窘得好想自我了斷，「喔，不用。」不管腳有多痛，我用最快的速度拿了衣服進到浴室，後悔爲什麼昨天晚上要喝酒。人家酒後會亂性，我是酒後會誤事，好了吧！形象什麼的都是浮雲了。

全身痠痛地洗好澡，走出浴室，看到他坐在原來的位置上，用 iPad 在看東西。他看見我出來，把 iPad 放在床邊，拍了拍床上對我說：「過來擦藥吧！」

我坐到床邊，眼神瞄到 iPad 的螢幕，是一個非洲婦女牽著小孩的畫面，那個小孩只有一隻腳。

我轉過頭去問他，「可以看嗎？」

他拿著棉花，對我點了點頭。

拿起 iPad，我忍不住問他，「這是你拍的？」

「要消毒了，會有點痛喔！」他說完，我就感覺到消毒水在傷口上引起的刺激。我忍不住「嘶」了一聲。「這是去年跟著慈善基金會在非洲肯亞拍的，每天都有人正在餓死。」他繼續說著。

對於他用的進行式，我感到有點難過，我們正在努力過更好的生活，而有人正在活生生地餓死，爲什麼需要這種比較，才會覺得自己其實過得很好？

看著他在肯亞拍的每一張照片，我都覺得呼吸困難，報紙寫的那些文字，都比不上看到照片時的震撼。我好像就站在照片裡面，看著那些人餓死一樣。

心情莫名地低落。

我緩緩放下 iPad，他幫我在臉頰傷口處貼上ＯＫ繃，然後摸摸我的頭說：「照片只是一種感受，不該是一種壓力。」

他拿起 iPad 滑了幾下，遞給我看，「有沒有看到水怪？」他問。

我搖了搖頭，是一張湖的照片，那片湖好大好大，看得我有一點害怕。因爲我很怕水，這種不見底的感覺會讓我全身發冷，「這是什麼？」我問。

「英國的尼斯湖，那時候和朋友打賭看誰會先拍到水怪，所以我在英國待了半年。」

「拍到了嗎？」我問。

他頑皮地笑了，「當然沒有。」接著又給我看他去世界各地拍的照片。我想他是要舒解我剛剛看到肯亞照片的低落感。

「可以去那麼多不同的國家，眞令人羨慕。」我說。

他笑著對我說：「看了很多，但我也失去很多。」

「失去什麼？」我忍不住問。

「和家人朋友相處的機會啊！工作一忙起來，有時候一年見不到家人是正常的，朋友就更不用說了。現在我只剩下工作上的朋友，因爲工作領域相同，碰面的機會比較多。」他一臉惋惜，「我兩年沒回台灣看我外婆了，好不容易手邊工作告一段落了，才能抽空回來。」

「你和外婆感情很好？」我忍不住問，常常聽到他說起外婆。

他仍笑著，「不好，我一回台灣她就叫我滾回加拿大。昨天我要出門時，她還問我什麼時候走……」

沒等他說完，我馬上插嘴，「那你什麼時候回去？」我都忘了他只是回台灣探親，不會長住，想到這裡，我就覺得有點呼吸困難。

「後天。」他說。

他一說完，我面無表情地看著他，全身血液好像被抽乾一樣，空虛得不得了。

他笑了笑，接著說：「騙妳的啦！還會住上一陣子，想多多陪陪我外婆。小時候是她把我帶大的，一直到小學畢業，我才過去加拿大和爸媽一起住，每次一回台灣就不想走，還是台灣好。」

我整個人鬆了好大一口氣，手心冒出冷汗，還是假裝沒事地說：「當然啊！台灣是寶島耶。」所以我一向不出國的啊！

聽到他這麼說，我放心很多。他還會住很久，所以我還可以再看他久一點。想到這裡就安心許多。

看著他臉上的傷痕，「你要不要去洗個臉，換我幫你擦藥。」

他搖了搖頭，「我不打算擦，留下疤痕也很酷。」這說法把我逗笑了，也許這是藝術家的另一種偏執？

「那總該幫你處理一下衣服？」我說。

他點了點頭。

我們一起到樓下，已經十一點半了，但我打算今天不開店，開店只會讓客人看到我的臉嚇死而已。

他脫掉襯衫遞給我，身上還穿著一件白色背心。我開始幫他縫補脫線的袖口，和脫落的釦子，順便偷偷量了他衣服的尺寸。看到他的笑容時，我的腦子總是會出現一些靈感，想幫他做幾件衣服。

他在店裡晃了一圈，從背包裡拿出相機對我說：「不介意我拍照吧！」

「不介意，只要不拍我。」我正在縫釦子，頭也不抬地說。我最害怕拍照了，擺

pose對我來說就是一種煎熬。雪兒每次都要找我一起自拍，我總是盡可能擋住臉。

雪兒……不知道她今天怎麼樣？應該還在生氣吧！想到這裡，就無奈得想嘆氣。

「這魚好可愛。」他站在浴缸旁不停地按快門。

我以母親般的姿態驕傲地說：「那當然啊！金色那一條叫小金，白色那一條叫小銀，你有事可以和牠們聊聊。」

他看著我，笑了笑，繼續拍照。

不到十分鐘，衣服該補的部分都補好了，他收好相機，穿上襯衫對我說：「我該走了，這幾天有一個工作。」

「工作？」我突然想起他說他最近不想接case，拒絕了蔣哲瑋。

他笑著說：「是去還債的，朋友接了個case，請我幫忙。」

我理解地點點頭，從我創業到現在，也是不停地在還債。職場就是這樣，但能還債也是一件值得開心的事，畢竟這證明了自己現在至少還擁有些什麼，不是嗎？

和他一起走到門口，他突然轉過身來摸著我的頭，對我說：「我想，昨天晚上被妳喊了上百次的那個雪兒，對妳來說一定很重要，不管發生什麼事，眞正的朋友是需要經歷過一些考驗的。別擔心，做妳認爲該做的事就好。」

聽到他這麼說，我只想再一次重申，他難道不是天使下凡嗎？

雖然道元也會摸我的頭，但是換成石光孝這麼做，我的心跳總是忍不住加快。我感動地對他點點頭，他的安慰讓我心裡安定許多。

按下鐵捲門的開關，打開玻璃門時，我看到雪兒站在外面。

她一看到我就衝到我面前，摸著我臉上的傷痕，「幹，妳的臉……都長得這麼不討喜了還傷成這樣，嫌妳自己不夠醜嗎？不是說了不可以喝酒嗎？」

站在雪兒後面的石光孝對我輕輕一笑，我也對他輕輕一笑。

謝謝他的打氣。

他離開之後，我看著雪兒，不知道該說什麼。想到她昨天對我說過的那些話，說不難過是騙人的，但現在她在我面前，說不開心也是騙人的，我有一種精神分裂的感覺。

和她一起走進店裡，她看著我說：「妳不痛嗎？」

「痛死了。」我誠實回答。

「他早上到公司和我吵架，說妳揍了他，然後我也揍了他。」雪兒伸出她的右手，我看到她的手指都破皮了，有些地方還滲出血。

我趕緊到櫃檯拿出醫藥箱幫她擦藥。

「最近我一直覺得他怪怪的，做什麼事都常常瞞著我，去哪裡也不說，吵架也沒用。昨天早上我一直逼問，他才說他喜歡上別人了。其實他愛上別人我只是難過了一下，反正又不是沒被劈腿過。相較於變心，我更不爽的是隱瞞。」我幫她擦藥，她說著。

難怪她會覺得全世界都有祕密。

「劈腿的男人就不要了。」我繼續幫她擦藥。

雪兒突然沒了聲音，過兩分鐘後才對我說：「柯定鐵，昨天我喝醉講的那些話，是眞的。」我抬起頭看她，想起她昨天說厭倦我的那些話，我難過得停下動作。

「就是現在這個表情，妳知道嗎？」她說。

我放下紅藥水，跑到洗手檯前，照著鏡子，看著這個讓雪兒討厭的表情，原來是這樣。皺著眉頭，一臉便祕的樣子。

她繼續說：「我有時候眞的很討厭妳，可是我更討厭自己，因爲就算覺得妳很討厭，我還是想要照顧妳。有時候覺得妳蠢到沒有智商這種東西，可是有時候又覺得妳細膩得像有八百條神經一樣。沒有我和道元的話，妳要怎麼安全地活到現在？」

我走回雪兒旁邊坐下，意志堅定地看著她，「雪兒，對不起，我會改掉這個便祕的表情，從現在開始，我會比妳更有 guts，換我照顧妳。」

雪兒看著我，突然笑了出來，「算了吧妳！」然後往我的額頭打了一下，害我痛到大叫。

「啊，不好意思，我忘了。」她趕快幫我揉一揉，突然又很溫柔地對我說：「昨天的事，我也對不起。」

我笑著搖搖頭，「我們認識那麼久都沒吵過架，偶爾吵一次感覺還不錯。」

「幹，妳變壞了。」她笑起來。

不，我只是長大了。

我算是慢熟的那一種，二十九歲才知道原來長大是這麼一回事，才知道生活不是我們想的那樣單純。複雜的事情莫名其妙地說來就來，也不是活在自己的世界就會安全，隨時都要做好戰鬥的準備。

生活，就是一場你爭我奪，只是每個人爭的、奪的東西不一樣而已。我爭的，就只是一個平凡簡單的生活。

「妳爲什麼和道元吵架了？」我問。解決了我和雪兒的事，現在還有她和道元的問題。

「等一下，剛剛爲什麼有位男士跟妳一起從家裡走出來，妳不覺得妳要先向我解釋一下嗎？」她一臉精明地盯著我。

我知道該說的一定要說，但不知道要從哪裡說起，於是我向雪兒提議，她問我答。只是，我眞的沒想到她的問題這麼多，問了三十分鐘還沒結束。我已經癱在沙發上眼神渙散，都不知道她在問什麼了。

「所以，他是攝影師？」

「嗯。」我已經閉上眼睛了。

「所以，妳前一陣子在等的就是他的電話？」

「嗯。」我快睡著了。

「所以，他昨天送妳回家？」

「嗯。」

「所以，他昨天在妳房間過夜？」

「嗯。」應該算是。

「所以，他一直待到早上才走？」

「嗯。」不然妳剛剛看到的是什麼？

「所以，柯定鐵，妳喜歡他？」

「嗯……」

我突然睜開眼睛，都不知道自己爲什麼會回答得這麼順。雪兒看到我的反應，已經笑倒在沙發上了，但我也不想再去辯駁什麼，有如天使下凡的他，我能不喜歡嗎？

我知道我眞的喜歡上石光孝了。

「該換妳說了吧！我的事全部都告訴妳了，一字不漏全都說了。」看雪兒笑成這樣，不知道爲什麼，我好想伸出拳頭把她打到失智或失憶。

她突然停住笑容，嘆了一口氣，「妳不要擔心啦！我會解決的。」她用這麼虛弱的語氣說著，叫我怎麼相信？

「到底是什麼事？」我繼續問。

她看著我，一臉很爲難地說：「就我講話傷到他了。」

「妳說了什麼？」

雪兒明白我一定要知道的決心，只好把事情都說出來，「我昨天氣瘋了，就覺得他都偏心妳。他說他沒有，我就說算了啊，反正我搞不懂 gay 的想法，他就生氣地走了。」

忍不住嘆了一口氣，眞的會被雪兒打敗，「道元不是gay！」我很認眞。

「他自己也承認他是gay啊！」雪兒反駁我。

他什麼時候承認過了？只是大家都亂猜，他不回應，才變成這個樣子。被自己喜歡的人這樣說，怎麼可能不傷心？道元一定很難過。

我看著雪兒，用著前所未有的認眞問她，「如果道元不是gay，妳會喜歡他嗎？」

她又笑倒在沙發上，「幹，妳不要問我這種不會發生的事好不好。」

那一刻，我可以感受到雪兒常常說要掐死我的心情，就像現在我好想伸出手掐死她一樣。道元爲什麼不去喜歡一個不白目的女生，偏偏愛上白目之王周雪兒？我現在都可以想像道元未來的路有多麼黯淡。

妳最好眞的不要愛上道元。我在心裡爲這個壞丫頭祈禱著。

因爲上帝在看，我奶奶也在看。都沒看過電視嗎？壞人的下場會怎麼樣，我們都很清楚。

經過這次吵架，我和雪兒的感情更好，我也更懂得表達自己的情緒，而且更有guts。我開始學著和廠商殺價，第一次沒有成功、第二次又失敗，第三次廠商終於給我低價時，我開心地打電話給雪兒和道元分享，可是他們兩個還沒有和好。

我開始會拒絕客人無理的要求，時間太緊迫的工作不接，要用好的布料卻一直壓低價格的工作不接。雪兒說我開始大牌了，我是大牌了，與其接爛工作倒不如把時間拿來做新衣服。

還有另一件有guts的事，就是我開始習慣喜歡一個人的心情。和經歷過的那些感情不一樣，一有空檔，我腦子裡想的都是石光孝，發生什麼事就想和石光孝分享。也試著撥電話給他，但都直接轉進語音，所以撥了兩次我就不敢再打過去了。

「早安，小金，昨天睡得好嗎？」我蹲在浴缸旁灑了點飼料，小銀也過來了，「嗨，小銀，你也起床了？」

牠們吃著早餐，我一邊開心地說：「昨天晚上石光孝打電話給我喔，可是我沒接到，因爲我睡著了。我該回電嗎？好幾天沒看到他了，不知道他的工作順不順利。」

等著牠們給我一些回應，但是小金和小銀好像沒有打算理我，我只好站起身繼續打掃工作。整理好之後，我走到裁板桌前，打開昨天去布市買的布料。淺灰色丹寧布還有幾款格子布，都是適合石光孝的顏色。

我想做幾件襯衫給他，他眞的好適合穿襯衫，尤其是把袖口捲起來，專注拍照時，那手臂眞的很性感。

我看著布料，爲了我這大膽的想像笑了出來。

「幹，柯定鐵，妳又活在自己的世界了。」雪兒走了進來，走到我旁邊，遞了一杯思樂冰給我。

我接過來，喝下一口，讓自己奔放的腦子冷靜一下。

「這什麼？」雪兒看著桌上的布料問著。

「我要做衣服給石光孝。」

她嫌棄地翻看布料，「嘖嘖嘖，柯定鐵，妳眞的是……少做衣服給男人好不好？萬一都像那個誰一樣，分手還回來找妳修改，不是自找麻煩嗎？」

我笑了笑，沒有理會雪兒，繼續畫著我的稿子。

過了兩分鐘，我問了一個老問題，「妳跟道元和好了沒有？」

「我還想妳今天不會問，結果又來了！煩死了，我要回公司了。」她拿了包包轉身就走。

我看著她的背影得意地笑。制住雪兒怎麼感覺那麼痛快？

花了一整個下午的時間，把要送給石光孝的衣服都完成了。雖然是襯衫，但款式和剪裁還是有些不同，我希望每一件都是特別的。裡面我最喜歡的是一件黃藍格子的襯衫，這塊布我一眼就看到它，顏色和石光孝特別搭，所以花了很多時間在這件衣服上。燙好之後，我興奮地拿著衣服，跑到小金和小銀家前，對牠們說：「怎樣？不錯吧！你們看袖口的縐褶，爲了讓格子都可以對齊，我車到眼睛快花了。是不是很好看？」

「嗯，還不錯。」

誰在回答我？

我轉過頭去，居然是石光孝。他背著一個好大的背包，臉上有一點疲倦，看起來好像出了趟遠門回來。

他對我露出那個好久不見的笑容，我開心得好想尖叫。才幾天沒看到他，竟覺得像隔了十八年那麼久。

「你剛工作回來嗎？」我壓抑住興奮，假裝冷靜地問。

他搖了搖頭說：「拍攝行程安排有異動，工作後天才開始。我被朋友拉著一起去新竹爬山，剛回來。」

「那你怎麼不先回去休息？」他的臉看起來一副快睡著的樣子。

他突然撥開我的劉海，靠近地看著我的臉。我驚訝地抱著衣服往後縮，「嗯，額頭好得差不多了，臉頰的傷口還有結痂，嘴角的瘀青也淡了。很好，這樣不會變醜了。」說完，還揉了一下我的頭髮。

看著他溫柔的表情，我很享受這種感覺。

「山上收訊不好，電話很難打進來，也很難撥出去。我只是想趕快告訴妳，我看到很多螢火蟲，眞的好美，好像銀河一樣。」他開心地說。

可惡，我居然沒有接到電話。

他看到我懊惱的表情，笑了笑，從背包裡拿出一個牛皮紙袋遞給我，「送妳。」

我好奇地打開，裡面是一張十乘八大小的照片。抽出來一看，我完全說不出話來了。我以爲那是夜空裡的星星，但不是，是螢火蟲。在黑暗的底色裡，亮著金黃色光芒，好多、好亮、好美。

「妳現在的表情，好像昨天和我一起在現場看到螢火蟲一樣。」他笑著說。

「螢火蟲好美。」我說。

「我以為妳會說照片好美。」

我笑了笑。「因為螢火蟲美，你才能拍到這麼美的照片。」

「OK，我承認。」他聳聳肩笑著說。

接下來的時間，我們看著他相機裡的照片，每一張都有一個故事。他不停地說，我安靜地聽。只是爬個山，在他眼裡也像環遊世界一樣精彩。為什麼只是看著他說話的側臉，我就覺得幸福得不得了？

「這是我第一次看到這麼多螢火蟲。」他興奮地說：「螢火蟲出現的那一刻，我就在想，妳如果看到，一定會和我一樣開心。」

我笑著，看見他興奮的表情，認同地點了點頭。

但其實我想告訴他：我最開心的，是你在那一刻想起了我。

謝謝你想起我。

心裡一陣又一陣的悸動，幸福好像把我從頭到腳淹沒一樣，全身都起了雞皮疙瘩，臉上的笑容也始終止不住。

沉浸在感動的時刻沒有太久，定琦就含著棒棒糖從門口走了進來，「姊，我回來了。」然後又看著石光孝說：「來了？」

他笑著對定琦點點頭。

這兩個人很熟嗎？

看向時鐘，原來又六點半了，「妳吃過飯了嗎？」我問定琦。

「吃過了。」她說。

她準備走上樓時，各給了我和石光孝一支棒棒糖，又對他說：「有空再來比一盤嗎？」

石光孝這時的笑容有些疲憊，「不了，妳太強。」

定琦不以爲然，「你也不錯，可以撐上十分鐘。」說完便上樓了。

我好奇地看著石光孝，他向我說明，「那天送妳回家，她坐在樓梯口，我就被她叫上去按幾個鍵盤按鍵。她說她在打怪，要有人幫忙補血。後來，我們還打了一盤星際爭霸。」

柯定琦難道不是一個活生生的奇葩？

「不好意思。」我很眞誠地道了歉，但他看見我道歉，大笑出聲。

「妳可以不要這麼可愛嗎？」他笑得好燦爛。

看著他的笑容，我覺得比螢火蟲還要耀眼，讓我捨不得移開眼睛。我想，如果可以這樣一直看著他笑就足夠了。

這個晚上，我拿著螢火蟲的照片躺在床上看，耳邊彷彿響起石光孝的聲音，他說話的聲音、笑的聲音，繞啊繞的……然後，我夢到了奶奶。

「小鐵啊，奶奶也想看螢火蟲。」奶奶笑著說。

「好啊！下次我們一起去。」

奶奶突然拒絕我，「不要，我要和阿孝一起去。」

不知道是不是因爲那個夢，我整個晚上都睡不好，一大早就起床，臉很臭地走到廚房倒牛奶，碰上正要去公司的定嫻，她驚訝地看著我，「姊，今天怎麼這麼早起？妳臉色不太好耶。」

「嗯，奶奶害的。」然後轉身再走進房間。我瞄到定嫻一臉莫名其妙，但是我覺得，如果向她解釋，她會更莫名其妙。

因爲太早起沒事做，我先是把房間整理好，下了樓開店。我把要做給石光孝的衣服全部整燙過一遍。本來昨天要送給他，但我沉浸在螢火蟲帶來的驚喜中，忘了給他，又不知道什麼時候可以送，只能等他下次出現了。

把衣服摺好，裝在包裝盒裡，我最喜歡的那一件放在最上頭，最後再把盒子蓋上，很滿意地點了點頭。

「今天心情很好喔！」道元從門口走進來，臉上掛著微笑。

我望向他，忍不住搖了搖頭。他和雪兒吵架，但怎麼會兩個人像說好似的，一天一個輪流來。吵了這麼多天，就這麼剛好都沒有碰上，難道他們早就和好了，是在跟我開玩笑嗎？

「搖什麼頭？」他問。

「你還要生雪兒的氣多久？」我問。

他沒有回答，從袋子裡又端出了一鍋東西放在桌子，再去二樓拿了碗和湯匙下來。打開鍋蓋，裡面是紅豆紫米露，他舀一碗放到我面前，接著再把一整鍋甜湯拿到二樓的冰箱冰著。

我邊搖頭邊喝著甜湯。我最喜歡喝的是綠豆粉圓湯，定嫻和定琦喜歡吃花生薏仁湯，這紅豆紫米露是雪兒的最愛。分開就是做來給雪兒喝的，還在那裡假裝鐵石心腸。

他走下來，對正在搖頭的我說：「妳今天脖子不舒服嗎？」

我放下碗，調整好坐姿，很認眞地開口，「要是氣消了，就趕快和雪兒和好，不然我眞的很有罪惡感。」

「少來什麼罪惡感。」接著，他看到桌上的禮物盒子，問我，「這是什麼？」

我很誠實地告訴他，「本來昨天要送給石光孝的，但沒有機會，可能要等下次他來找我我才能送他了。」

他笑開了，「他不來找妳，妳爲什麼不主動找他？沒事就別開店，出去走走啊。當初就決定有客人預約才開店，結果妳眞的都講不聽。好好讓自己放幾天假不行嗎？」

這麼說好像也有道理。

「走了，回店裡了。」他轉身離開。

我朝他的背影吼著，「快跟雪兒和好吧！」

但他依然沒有理我。

我把碗裡的甜湯喝完，到二樓廚房洗好碗，再回到一樓店裡。短短三分鐘，對於該找什麼理由打電話給石光孝，我不知道想了幾萬遍。

但這破洞的腦子，眞的是想不出來什麼好主意。

我看著桌上的手機，再度開始思考。要打電話給他嗎？該說什麼？

「嗨，今天天氣眞好，睡得好嗎？那個……你有沒有空？」不行，這個太弱。還是傳簡訊給他吧。說：「Hey，要出來走走嗎？」走去哪裡？活在自己世界的我，最熟的地方也就家裡附近而已。

不管了啦！先撥電話過去再說？

可是我拿起手機又馬上放下，怎麼打個電話會這麼難？

突然間手機響了，來電顯示是石光孝。我嚇了一跳，這難道不是傳說中的心電感應？

深呼吸一口氣，按下接聽鍵，我打了招呼，「嗨！」那語氣眞的不自然到了極點。

他在電話那頭說：「道元剛才打電話給我，說妳有事找我？」

啊？「我、我……」康道元眞的是……

我還在那裡幾千幾百個「我我我」的時候，他可能是聽不下去了，語帶笑意地接話，「今天忙嗎？」

「還好，該趕的 case 都交了。」我說。

「不忙的話，要來我家嗎？」

我在電話這頭愣了一分鐘。

「喂？還在嗎？」我突然沒有聲音，他大概以為我掛電話了。我回過神，停止剛剛那一分鐘內我各式各樣不入流的想像，急忙說：「嗯，還在還在，我還在，那個……你家住址是哪裡？」

他笑著說：「我過去接妳？」

「不用了，我坐計程車過去就好了，你可以發簡訊告訴我地址嗎？」怎麼好意思再讓他來接我？

「嗯，上車之後給我簡訊，或打個電話跟我說一下，待會見囉！」他說。

掛了電話，我開心地抱著那盒衣服大笑。一般人一定以為我冷靜之後會做的第一件事是打電話罵康道元，但我沒有，我傳了簡訊給道元，向他說：「謝謝。」

很多時候，我們花太多時間在「抗拒」這回事上頭了。

要感謝有些人直接幫助我們面對內心的抗拒。

然後我用著愉快的腳步，二十九歲的身軀，卻像少女般跳躍到二樓換衣服，花了半個小時才決定好要穿什麼，完全就是以約會的氣氛決定穿著。開心地下樓，帶了禮物，關上電捲門，坐上計程車，傳一封簡訊給石光孝。

看著路上經過的每一個人，都好想和他們分享我今天放假的消息。不過我剛剛對司機先生說了，他只是淡淡地回了聲「喔」。

司機先生可能今天心情不好。

車開了半個多小時才到石光孝給我的地址。一下車，那地址上的建築物讓我有一點恍神。這房子大到可以當小學了，他不會眞的住在這裡吧？這種房子雖然又氣派又美，但也讓我壓力倍增，有一種想要原車遣返的念頭。

想起我的某任男友家裡非常有錢，當時雪兒還妄想著有一天我會變成貴婦。最後當然讓她失望了，因爲光在他家吃個飯，我就壓力大到胃絞痛。只能說，想嫁入豪門的女孩胃要夠強壯。

我站在門口發呆，不知道該怎麼辦。

石光孝不知道從哪裡冒出來的，突然在旁邊叫了我的名字。我轉過頭，他穿著一件白色T恤，灰色休閒短褲，還有一雙夾腳拖。

我微笑著走到他旁邊，打算把禮物交給他就回家，「其實我最主要是要拿這個來，昨天就做好的，但是忘了給你。」

他接了過去，然後打開看，「原來妳昨天問小金小銀的衣服，是要送給我的？」他笑得很開心，眼角的皺紋又聚在一起，好可愛。

我點了點頭。

他很高興地收下禮物，拉著我的手往前走，「走吧，到家裡喝杯茶。」

「不用了，改天吧！」我掙扎地想要回家，沒想到他不是拉著我進去那間大房子，而是這間大房子旁的小巷子，再拐一個彎，進了另一個弄，再左轉又進另一條巷子。最後，我們在一棟日式老建築前停下。

「到了。」他說。

我看著他問：「不是剛剛那間大間的？」

「妳喜歡大間的？」他問。

我用力搖了搖頭，「進去我會胃痛。」我很誠實地說。

他看著我的反應，笑著解釋，「這裡計程車開不太進來，所以我才說約在那裡等，那裡比較好找啊。」

我安心地笑了笑，仔細看著這棟日式木造建築。

木頭的紋路經過歲月的洗禮，變得光滑潤澤，在太陽下閃啊閃的，露出一點點光暈。挑高的建築，讓風可以盡情流動，帶著房子味道的空氣跑進我的鼻間，好香。

「好漂亮的房子。」我真心讚嘆著。

石光孝站在我旁邊，「漂亮吧？這裡是我外婆家，從小到大我只要回台灣都是住在這裡。」

他拉著我的手進去，房子周圍還有小院子。走過短短的石板路，他帶我到他的房間。在開門前，那些不入流的想像又在我腦子裡亂竄，唯一孤男寡女共處一室不會讓我亂想的人，大概只有在我心中是父親級的道元。

一打開門，我對他的房間完去失去想像。不是髒、也不是亂，就只有一張單人床，其他空間都被攝影相關的物品佔據。三個防潮箱，兩大一小就佔了一個牆面，至少有十支以上大小不同的腳架放在角落。旁邊的櫃子裡放滿了各式攝影包，還有簡易式攝影棚，另一面牆放了一個大書架，都是有關攝影的書和作品集。

我只能說他這個人被攝影塞得很滿。

「怎麼沒有看到外婆？」我疑惑著，應該先向老人家問好才對。

「她行程比我還忙，可能到教會去找朋友了。」

他讓我坐在他的床上，再倒了杯涼水遞給我，自己坐到地板上。抬起頭對我說：

「明天有工作，所以我在整理一些工具。」

我笑著點了點頭，看著他整理工具。

因爲有太多我沒看過的東西，我也坐到地板上，忍不住好奇心，看到什麼工具就發問，問到最後我也不好意思了，「呵呵，我問題好像很多。」他都沒辦法專心工作。

他停下動作，抬起頭，笑開了，「我喜歡聽妳講話。」

我覺得我的臉熱熱的，要是雪兒在這裡，肯定又要大聲說：「幹，柯定鐵，妳裝什麼清純？」

但我就是清純啊，有什麼辦法？繼續看著他拿起相機，很專注地擦拭。一台又一台，至少有五台，又拿起鏡頭，拿出一支好像筆的東西又刷又塗的。

他溫柔又細心地整理相機的模樣，讓我好想當那些相機。

他沒有停下動作，卻突然出聲，「妳再繼續這樣看我，我可能會緊張到捏破鏡頭。」

然後我開始大笑，發現他會緊張，讓我的心情很好。

他突然抬起頭，看著我，慢慢地靠近。我開始緊張到笑不出來，有一點慌。最後，剛好又停在五公分的距離。我喉嚨發癢，忍不住吞了口水。

「等我忙完，我們去道元那裡吃火鍋吧！」他說。

我冷靜地點了點頭。

又來了！這句話有需要用這種不到五分公的距離說嗎？不能坐好說嗎？不能整理相機的時候說嗎？不能正常一點說嗎？一定要這樣說嗎？

我有一點惱羞成怒，三十秒內不想看到他，站起來在他房間亂晃。走到書架前，拿了本攝影雜誌出來翻，居然看到他的一篇小專訪。

Q：這次出版的攝影作品，以光和影的概念，把米蘭這個城市拍出另一種風味，受到大家很大的喜愛，接下來有其他的拍攝計畫嗎？

A：想要拍攝的計畫很多，但在執行上還是需要很多細節的準備。

Q：這兩年來，你在商業攝影的作品減少很多，現在開始是不是主攻個人攝影作品爲主？拍攝過那麼多國家，還有最想拍的地方嗎？

A：其實也不是一定要主攻什麼，沒嘗試過的都會想嘗試。上次有機會和基金會到肯亞去，也許是看多了美麗的城市、豪華的建築，到了那裡，反而讓我覺得最美麗的是生活在當地的人。如果有機會，還想多去看看。

Q：問完公事，來點輕鬆的問題。工作行程這麼忙碌，怎麼維持和女朋友的感情？

A：這個問題比較難（笑），基本上，工作的時間、地點不固定，攝影師要交女朋友就不是一件簡單的事，就算交了女朋友，也都會因爲聚少離多就分手了。

Q：石先生，如果攝影和女朋友，你會選擇？

A：攝影。

看完專訪，我把雜誌放回書架上，坐到他旁邊，他依然很專心地在整理。看著他，又想著專訪的內容，得到一個結論就是：他眞的很愛攝影，就像我很愛我的店一樣。

如果可以，我希望這輩子永遠都不會出現「心愛的人和服裝店妳會選擇哪一個」的問題，因爲都是無法割捨的東西，不管怎麼選擇，都會心痛。

好想問他，眞的做過這樣痛苦的抉擇嗎？

輕嘆了口氣，背靠著床沿，風從打開的木窗吹了進來，吹到我的臉上。髮絲拂著我的臉，聞著令人心安的木頭味，我的眼皮愈來愈沉重，然後我又夢到奶奶了。

夢裡面，奶奶拉著行李箱，對我說她最近會很忙，因爲她想要去環遊世界。

「小鐵，我的行李箱好看嗎？是便利商店集點送的 Hello Kitty 喔！」奶奶戴了頂大草帽，開心地對著我笑。

原來天堂也有便利商店。

在夢裡，送了奶奶去機場，我就醒過來了。太陽剛下山，房間裡有一點昏暗，還沒有完全清醒的我，眼睛稍微適應了房間裡的光線後，才發現我居然枕在石光孝的手臂上，身上蓋著一件他的外套，而他的臉又距離我只有五公分，他也閉著眼睛睡著了。

然後，我就這樣看著他睡覺。

他不算特別好看。以現在大眾的眼光來看，道元比他帥，可是，他的笑容卻最能讓我心跳加速、不知所措。明明正睡著，嘴角也掛著淺淺的微笑。我知道很膩，但我還是想說，他難道不是天使下凡嗎？

這樣看著他睡覺，都讓我幸福得快要死掉。

但快樂的時光，總是會被一些小意外打亂。由於我實在太想上廁所了，於是只好強迫自己先去洗手間，回來再繼續看。

還好剛才進來時，他稍微介紹過家裡的環境，所以我知道洗手間的位置，是在他房間出來後左轉第二間。

很順利地上完洗手間，一打開洗手間的門，看到有個人拿著手電筒，就這樣直愣愣地盯著我看，嚇得我又馬上把洗手間的門關起來。我應該不會看到不該看的東西吧？不會吧！奶奶說過我八字很重啊！

我想我應該看錯了，於是再次打開門，從門縫裡稍微看了一下，外面非常安靜，可能是我沒睡飽產生的幻覺吧！

我放心地走了出來。關上廁所的門時，突然有人在後面問我，「妳是誰？」我敢保證，如果不是我剛才上過洗手間，這時地板一定是濕的。我嚇得轉過身，看到一個老奶奶抽著菸，拿著手電筒，一臉很酷地站在我面前，從頭到腳打量了我至少有六次。

我想她不是什麼不該看到的東西。雖然光線不夠亮，但我猜她是石光孝的外婆。趕緊冷靜下來，有禮貌地向她問好，「外婆您好，我是光孝的朋友。」

她看著我十秒，抽了一口菸說：「跟我來。」

就這樣跟在她身後，繞過一道迴廊，到了他們家的廚房。站定位置，外婆關掉手電筒，打開廚房的燈。這時我終於清楚看到外婆的臉，心裡只有一個想法：外婆大概是奶奶界的林志玲。

外婆穿了一件深綠色棉質印花旗袍，外面罩了一件黑色的短版針織外套。泛白的頭髮梳了個髮髻，波浪型的劉海很整齊貼在額前，臉上雖然看得見歲月留下的皺紋，但化了淡妝依然風韻猶存，銳利的眼睛盯著我看。

「外婆，您好……」好像該打破這個尷尬場面，先自我介紹一下好了。

沒想到她馬上說：「誰准妳叫我外婆的？誰是妳外婆？那小子都不敢叫我外婆

了。」

我尷尬地看著外婆，不知道該怎麼辦。

她從餐桌拿了一瓶玻璃罐遞給我，「打開。」

我拿著那瓶醃漬的小黃瓜，咚，一秒之內打開。外婆的臉上閃過一絲驚訝，雖然很快，但我看到了，可能是驚訝於我的力氣吧。有時候，道元打不開的罐子，也會拿來店裡叫我開，雪兒說過我比開瓶器還好用。

我把玻璃罐放在餐桌上，她抽完菸，把菸頭彈到洗碗槽裡，洗了個手，轉過頭來問我，「會炸豬排嗎？」

我點點頭。

「我要吃炸豬排。」她直接對我這樣說，然後拿了本書，拉開餐桌旁的椅子坐下，開始翻看。

我站在原地愣了一下，只能說石光孝的外婆，嗯……很特別。

於是，我很自動地打開冰箱，找著做炸豬排的材料。全都備妥後，開始準備炸豬排。拿起菜刀，先拍鬆豬肉，用三個盤子分別裝入蛋液、麵粉，還有麵包粉。把肉均勻沾上蛋液、麵粉重複兩次，再沾上麵包粉。稍微壓一下，倒了油進鍋子，緩緩地把豬排滑入油鍋中，炸豬排的聲音劈里啪啦在廚房響著。幾分鐘後，豬排呈現金黃色，用筷子試一下，熟了。

撈起後，切片、擺盤，完成。我把豬排放到外婆面前，她看了我一眼，她的眼神使我突然想起什麼，於是到碗槽拿了雙筷子給她。她接了過去，挾了一片肉準備放入口中。

我忍不住說：「小心燙。」

她看了我一眼，吹兩口才咬下豬排。她邊看書邊吃豬排的樣子，讓我想起了定琦。定琦也是這樣，老愛邊打電動邊吃飯，她們一心二用的眼神簡直一模一樣，而且外婆和定琦講話的方式也好像。我突然在想，她們兩個也許可以成為好朋友。

想到這裡，我笑了出來。

她可能覺得我有點吵，抬頭看了我一眼。我趕緊道歉，「不好意思，只是覺得外婆和我小妹很像。」

她瞪了我一眼，「我不是妳外婆。」

「抱歉。」我道歉。

等外婆吃完，我整理了一下餐桌，洗洗碗。外婆還坐在餐桌旁看著書，直到我都整理好了，她闔上書本，對我說：「過來坐。」

我坐到她對面。

外婆就這樣一直看著我，我被盯得很不自在，覺得全身都快被不自在侵蝕時，她突然開口問：「妳是誰？」

啊？這不是一個小時前才回答過的問題嗎？

既然外婆很想知道，於是我又重新說明一次，「我是光孝的朋友，我叫柯定鐵。」

外婆卻回答我，「難聽。」

雖然只相處短短不到兩個小時，我似乎已經可以適應外婆的毒舌……喔不，是她的「直率坦白」。

「妳是那小子的女朋友？」她從針織外套口袋裡拿出一包菸，然後很帥氣地拿出一根，夾在手指與手指之間，看著我問。

我搖了搖頭。我很想說「是」，但那也只能欺騙自己，欺騙不了社會大眾。

她又從另一邊的口袋拿出打火機，優雅地點了菸，吸了一口，然後緩緩吐出白霧。

原來抽菸也能這麼好看，但實在對身體很不好啊，於是我脫口說出，「外婆，抽菸對健康不好。」

「我不是妳外婆。」她又瞪了我一眼。

「抱歉。」我又繼續道歉，不然我要叫什麼？叫她「喂」嗎？眞令人困擾。

「妳喜歡他。」她的語氣聽起來不是問句，是肯定句。看著我的眼神很銳利，好像我一說「不是」，她手裡那支菸就會往我身上丟過來。

我只好點頭，事實上我也眞的喜歡石光孝。

她抽著菸，開始問起我的一切。工作、家庭成員、從小到大的經歷，還問我喜歡什麼顏色、喜歡吃什麼。

大概回答了九千五百三十六個問題之後，她又把菸蒂丟進洗碗槽。從她坐的位置到洗碗槽差不多一公尺的距離，那菸蒂從我眼前飛過去，很精準地掉在裡面，看起來是練過的。

「不要喜歡他。」外婆突然對我這麼說。

我坐在位置上愣住，她又點了一根菸，抽了一口，看我沒有反應，便說：「你們不適合。」

我不明白外婆爲什麼可以說得這麼篤定。我和石光孝不適合？那怎麼樣才算適合？要喜歡一樣的東西嗎？要吃一樣的飯嗎？要做一樣的事嗎？要過一樣的生活嗎？

過去的九個男朋友對我說：「我覺得我們不適合。」而才見第一次面的外婆也對我說了一樣的話。

我的愛情，只有一句不適合嗎？那麼誰來教我什麼叫做適合？

這一句「不適合」深深打擊了我，我以爲現在的我很有勇氣，但原來面對不願意接受的事情，勇氣不過就是個屁，放過就煙消雲散了。

剛剛就像放了個屁，我就此失去了勇氣。

「爲什麼不適合？」這句話我哽在喉嚨好久好久，最後還是沒有問出口，就像面對過去那些男友，我也從來沒有開口問過他們一樣。

原來我對「不適合」也有障礙，我難過得好像有人掐著我的脖子，我呼吸困難。

回到石光孝的房間，他還在躺在地上睡。幫他蓋好外套，我拿了包包，逃難似地離開。忘了自己是怎麼回到家的，一路上腦子裡出現的都是外婆對我說的那一句，「你們不適合。」

那麼我該怎麼辦？不該再有別的妄想嗎？我對他的喜歡要拿到哪裡去？可以丟掉嗎？需要資源回收嗎？又該歸在哪一類資源？我坐在浴缸裡，水從熱水變成溫水，再慢慢變涼，可是我沒有力氣站起身。

定嫻在我的浴室前敲了門，「姊，妳沒事吧？妳在裡面都一個小時了，手機一直在響，要不要幫妳接電話？」

我急著大吼，「不要。」因爲我知道是石光孝來電。

「喔，那妳快出來，也沒看過妳在泡澡，泡這麼久，皮都皺了吧。」

我擦乾身體。走出浴室，穿好衣服，電話又響了。我坐在化妝檯前，聽著包包裡的手機聲，想接又不敢接，很想聽他的聲音，但又害怕聽他的聲音，就這樣無限反覆著。

後來手機鈴聲還是停了，變成簡訊的提示聲。

我從包包拿出手機，看到未接來電有八通，還有一個未讀簡訊。

「妳在哪裡？不是要去吃道元家吃火鍋嗎？」

看著簡訊發呆了一會兒，我回傳，「胃痛在家。」然後關掉手機。看著變暗的手機螢幕，有一點想哭，但我知道我不會哭，因爲我眞的「不會哭」。

躺在床上，拿著他送我的螢火蟲照片，就這樣看了一個晚上，「你們不適合」這句話也在我的腦中繞了一個晚上。

漸漸地，腦子裡只剩下「不適合」三個字，爲什麼人不能只記住美好的時候？我不懂喜歡一個人爲什麼需要這麼複雜。

也許，我這一輩子都搞不懂愛是什麼。

一整個晚上沒睡，我沒有冒出黑眼圈，只是眼睛比核桃還腫，上下眼皮幾乎快要碰在一起了。下樓，我拿飼料餵小金和小銀，牠們朝我游過來，「小金，她說我們不適合。」我對小金說。

牠沒有回答我，「小銀，你覺得呢？」我問小銀。

牠張開嘴巴動了兩下，「是嗎？連你也覺得不適合？」我難過地對小金說：「小銀說我和石光孝不適合……」

小金的尾巴搖了兩下，「你不覺得？是吧！根本沒有在一起過，怎麼可能知道適不適合。」我扯出難看的笑容，牠們很有默契，在一秒內轉身游走。

看著鐵捲門的開關，生平第一次有不想上班的念頭，好想賴在床上假裝失憶，什麼都不想做。可是不行，今天早上有兩位ＶＩＰ客戶要來拿衣服，我只能無力地按下開關。電捲門往上捲時，我開始打掃店內。

看了一下時鐘，是早上九點五十分，如果沒意外，再過三分鐘，雪兒就會從門口走進來。

我一邊看著時鐘一邊摺衣服，到數著：五、四、三、二、一。

「幹，我眞的討厭夏天。」我抬起頭，看到雪兒走進來，拿了把選舉期間候選人宣傳發送的扇子搧啊搧，也不管是不是穿裙子，就直接盤腿坐在沙發上，我拿了件衣服走到她旁邊，蓋在她的大腿上。

「妳都曝光了。」我說。

她大咧咧地笑著，「有什麼關係，就只有妳和小金小銀在。」然後看了我一眼，「妳眼睛怎麼腫成這樣？過敏嗎？」

我走回去展架前繼續摺衣服，「沒有。」

雪兒走到我對面，我們中間隔了一個展架，「柯定鐵，妳今天有一點奇怪。」

「哪有？」我低著頭，繼續工作。

「有。」

「哪有？」

「有。」

「哪有？」

「幹，就是有。」她發火了。

我放下手上的衣服，坐到沙發上。我相信不管是雪兒還是道元，看見我這樣，都會問一樣的問題，因爲我自己也覺得自己很奇怪，從來沒有過的巨大失落感，就這樣一直壓在我的肩頭，讓我很不舒服。

雪兒也坐到我旁邊，有一點嚴肅地問：「發生什麼事了？我從來沒有看過妳這種表情。」

我起身走到洗手檯前，看了我自己的表情，忍不住苦笑，這表情我自己也很陌生。

「是不是很醜？」雪兒問。

我點了點頭，坐回沙發上，「他外婆叫我不要喜歡他，說我們不適合。」

雪兒聽完，開始大笑，笑到像瘋了一樣的那種笑，「周雪兒，我要報警了喔！」看到她笑到趴在沙發上猛捶，眞想把她抓去關。

她沒有理我，還是繼續笑。

我只好很下流地說：「道元，你來啦！」

她嚇得從沙發上跳起來，拿著包包就想往外衝，後來發現這裡除了我、她和小金小銀之外沒有別人，她又對我飆了一堆髒話。但她眞的不懂，因爲她的訓練，我早就把「幹」字當做好字了。

「妳眞的變得很壞，現在都不怕我了，超有guts。」她說。

我點點頭，謝謝她的稱讚。

她坐回位置上，用著一副很不可思議的表情看著我，「請問一下，他外婆是在演哪一台的連續劇？現在哪有家長出來說『我覺得你們不適合』這種話？然後呢？兩個人適不適合這件事，又不是誰說了算。」

雪兒說得很有道理，也許我糾結的，不是適不適合這件事，而是說這句話的人是石光孝的外婆。她親口對我說不要喜歡她的孫子，因爲她覺得我們不適合。

「我一向秉持愛了才知道的原則，所以妳也別想太多，不要還沒有在一起就說不適合，八字有沒有一撇比較重要吧！昨天妳去他家，有沒有發生什麼咿咿喔喔的事？」雪兒用著有顏色的眼神看著我。眞是滿腦子都不知道在想什麼。

我搖搖頭，「就聊聊天，後來就睡著了。」

「幹，睡著？他睡著還是妳睡著？還是兩個一起睡著？那妳有沒有趁他睡著時做點會懷孕的事？老人家都愛小孩，有了曾孫之後，搞不好他外婆會說你們是天造地設的一對。」雪兒不知道在激動什麼。

我嘆了口氣，很認眞地對她說：「進度可以不要這麼快嗎？就像妳說的，八字根本沒有一撇，目前就是我自己單方面喜歡他這樣。」

「哇嗚！從妳嘴裡聽到這樣的告白有夠新鮮！但說眞的，我不相信那個石光孝對妳沒有感覺。」

我好奇地繼續聽著雪兒的論調，「沒有一個正常的男人會去關心一個他不喜歡的女生。男人在愛情這件事情上，絕對不會吃飽太閒。」

是嗎？我覺得道元喜歡上雪兒，就是一個活生生吃飽太閒的例子。

「除非石光孝在做善事。」她一說完，我超想翻白眼的。

她坐到我旁邊，用著柯南的精神抽絲剝繭，「我倒是很好奇，你們現在這樣，感覺就只差妳還沒對他說『光孝，我喜歡你』，他還沒跟妳說『定鐵，我也是』而已，爲什麼你們還不在一起啊？」看到她一人分飾兩角，眞的很想大笑。

「我眞的不知道他對我是什麼感覺。」因爲，我光處理自己的感覺都有一點措手不及了。

「我敢保證他一定對妳有感覺，如果這樣還不是有感覺，他肯定和康道元一樣是

gay。」她信誓旦旦。

「道元不是gay。」我說。

「好啦，隨便。」雪兒無所謂地揮了揮手。

現在，我光消化外婆對我說的「不適合」三個字都快胃痛了，眞的沒辦法再想到石光孝對我「有感覺」這件事。如果眞的是這樣，那我和石光孝之間，也許會是悲劇一場。

我懶得理她，只好想辦法讓她離開。既然她本人都提到了，我只好問：「妳和道元和好了嗎？」我繼續問。

她突然發火，「妳不要每次都問我這個問題，我和他有沒有和好是我和他的事，不要以爲這樣就可以逼我走喔！」

「道元，你來了？」

雪兒大笑了三聲，「柯定鐵，一樣的方法，我被妳耍一次就算了，再被妳騙第二次我就眞的太遜了吧！」

「嗯。」站在雪兒後頭的道元出了聲音。

我沒有騙雪兒，我是眞的親眼看到道元走進來，是她自己背對門口沒看到，我好心提醒，她還不相信。

一聽到道元的聲音，雪兒拿了包包，不到三秒就從店裡消失。我甚至懷疑她剛剛有沒有來過。

道元看著雪兒的背影，若有所思地頓了一下，眞不知道這兩個人的戰爭什麼時候才會結束。

「要不要追出去？」我提醒道元，如果現在出去，應該還追得到。

他回過神，搖了搖頭。看他手上沒有提東西，不是來餵食的，那應該就是有事情要找我，「怎麼了？」我問。

「妳還好嗎？」他突然沒頭沒腦地問了這句話。

還好嗎？我不會回答。

「阿孝昨天打我的電話找妳，他說打了好幾通給妳，妳都沒接，後來我忙完再打妳的電話，都是直接轉進語音信箱。妳怎麼了？是不是哪裡不舒服？」

心裡。

但我當然不會這樣說：「沒有啊！」我說。

「妳現在開始要跟我有祕密了嗎？」道元不相信地說。

我笑了笑，走過去勾著他的手，然後問他，「我問你喔，你覺得什麼樣的男生適合我？」

「妳這樣問我，感覺很像我女兒在問『爸，你覺得我以後會嫁給什麼樣的人』？」道元開玩笑地說。

但事實上，他在我心中就和父親沒有兩樣。

「這個問題好有難度。講簡單一點，能讓妳開心的男生就適合妳，但如果要講得實際一點，就要看很多面向。像是背景、價值觀、未來規畫……」他以爲他在寫論文就是了。

「停。」我不想知道答案了。

他笑了起來，然後對我說：「好了，我該走了，今天有一點忙，我最主要是受人之託，那個人請我來告訴妳，請妳開機。」

那個人，我想就是石光孝。我眞的不知道他什麼時候和康道元變得這麼好。

男人的世界，我不懂。

道元開門準備離開，又順便說了一句，「柯大小姐，妳知道我爲什麼還要跑這一趟嗎？」

我搖了搖頭，難道石光孝還交代他什麼事嗎？

「因爲妳連店裡的電話都沒有掛好。」他嘆了一口氣，表示受不了我的愚蠢。

我很不好意思地對道元笑了笑。

難怪今天店裡好安靜。才剛掛好電話，下一刻，鈴聲就響了。我接了起來，是凱莉來電。

「小鐵，妳知道那個女人有多誇張嗎？」她劈頭就是這句，我完全沒有頭緒。

「什麼女人？」我問。

「我上次不是向妳借衣服嗎？那個女模特兒的胸部原本才32B，我是按照經紀公司給的尺寸去找衣服，結果她現在來了，衣服塞不下，她說她本來就是36D，是我搞錯。我是不是該去翻一下她以前小奶的照片給她瞧瞧？」凱莉超火大，那憤怒的聲音大到我把話筒拿開都還聽得很清楚。

「那現在怎麼辦？」我問。

「我現在只想拿針刺破她的假奶。她在那裡耍脾氣說不拍啊！不拍就不要拍，眞怕世人看到她這副模樣會幻想破滅。什麼宅男女王，宅男看到都要離家出走了，還宅個屁！」凱莉很生氣，我卻忍不住笑出來。

事情總是要解決的，「凱莉，最後選了哪幾套？」

「選了哪幾套？她一進來就在那裡耍大牌，一看到她的胸部還選什麼衣服？算了，算我沒本事賺這個案子，我撤！老娘不幹了，他們自己想辦法去。」凱莉的個性就是這樣，很直，但在那個圈子裡討生活，這樣很吃虧。

案子不好接，好不容易有個賺錢的機會，我趕緊安撫她，「妳先別激動，我應該有辦法解決。你們在哪裡拍？我過去看看。」

我拿了我的百寶箱，再到倉庫帶了一堆布料。只要是衣服上的問題，我都有自信可以解決，但也僅止於衣服上的問題。

至於感情上的問題，就先那樣吧！

這次拍攝的地方，是在市郊的一棟別墅。坐計程車花了將近四十分鐘的車程才到。一下車，我覺得我的骨盆好像都顛歪了。

凱莉的男助理站在門外等我，一看到我，馬上帶我到二樓的一個小房間。進到裡面，那氣氛之凝重。宅男女王一臉無關緊要地坐在沙發上，拿著手機玩遊戲。凱莉雙手交叉站在窗邊，其他等著幫那位宅男女王化妝的助理個個表情無助。

我對宅男女王打了個招呼，但她沒有理我，我緩緩走到凱莉旁邊，小聲問她，「現在怎麼樣了？」

「誰曉得她要怎樣？看她要怎樣啊！大不了我就不要接而已，哪有什麼？」凱莉看著窗外大聲地說。

宅男女王也面無表情，繼續玩手機。

「幾點開始拍？」我問。

凱莉的男助理走過來回答我，「攝影師還在室內攝影棚拍攝商品的部分，大約一個小時後會到這裡，現場布置也差不多了，就差……」他抬頭看了宅男女王一眼。

我嘆一口氣，人永遠是最難搞定的。

凱莉被她的態度激到火山爆發，原本凱莉看著窗外，突然轉過身來，對著在一旁的助理們說：「東西收一收，不是我們不配合，是別人不配合，撤！該收的全部都收完，一件都不要漏。」

助理們爲難得不知道該怎麼辦，我走過去凱莉旁邊，拉著她的手，「先不要生氣，案子可以不接，但公司裡這些小朋友也要生活啊！妳又不像我一個人飽就全家飽，妳的小朋友們怎麼辦？」大家出來這麼辛苦不是爲什麼，都是爲了混一口飯吃。

我沒有什麼負擔，但凱莉公司裡有好幾個員工，負擔很大。

宅男女王又冷冷地說了一句，「正好，我也不是很想跟妳合作。」

凱莉氣得衝上前去。我趕緊拉住她，宅男女王的經紀人也擋在中間，休息室裡瞬間亂成一團，吵架的吵架，勸架的勸架。

「發生什麼事了？」有人站在門口問著。

大家的動作頓時都停了。我看著門口這個人，覺得他有一點點面熟，不知道在哪裡見過，理著光頭戴著眼鏡，手裡還拿了一些資料。

然後有個工作人員走了過去，「Ven 哥，有一點狀況。」

凱莉走到他面前說：「Vencent，和你們廣告公司合作那麼多次，可是這次我沒辦法接了。和這種人共事，我不如不要賺。」她指著一直坐在位置上的宅男女王。

那個 Vencent 突然走到我面前，打量了我一下，拍了一下手，露出恍然大悟的表情，接著很開心地笑了出來，「妳是小鐵？」

我點點頭，很訝異他也認識我。

他興奮地說：「我是 Vencent 啊！光孝的朋友。上次在海產店見過，妳忘了嗎？」

這麼一說，我好像記起來了，開心地回答，「啊，我記得了，難怪我會覺得你很面熟，原來我們見過。」

Vencent像看到老朋友一樣勾著我的肩，「妳知道嗎？我多想再見妳一面，每次約喝酒，我都叫石光孝帶上妳，可是他都拒絕，這小子佔有慾有夠強的。妳那個右鉤拳是哪裡學的？超帥氣的耶。」

我忘了，那天晚上，除了石光孝，他的朋友也都看到了。

我很不好意思地說：「那天我喝醉了，給你們添麻煩，真的很抱歉。」

Vencent笑著說，「哪裡麻煩了，是阿孝麻煩，他爲了阻止妳，被妳抓傷臉還扯衣服。除了幾年前我們一起去西藏被狗追那次之外，從來沒看過他這麼狼狽。」

原來他臉上的傷痕是我抓的。奶奶啊！我好想自我了斷。

Vencent又興奮地說：「我沒看過女生打架這麼精采，妳超酷……」他還想繼續說下去，工作人員走到他旁邊，提醒他狀況還沒處理，他才回過神，放掉我的肩膀。

「現在是怎麼一回事？」他恢復老闆的樣子問。

工作人員輕描淡寫地說了一遍遇到的問題，Vencent看了一眼坐在椅子上的宅男女王，然後走到她面前說：「劉小姐，如果妳可以在一個小時內找到替換的設計師，我就可以不用凱莉，但如果妳找不到，那麼很抱歉，爲了拍攝行程，只能委屈妳了。」

宅男女王臉色大變，對著Vencent吼，「你這不是明顯袒護嗎？不要說一個小時，光是從台北市來到這裡都快要一個小時了，明明是他們自己準備的東西不對，我拒拍不行嗎？」

Vencent點了點頭說：「行。」然後轉過頭對工作人員說：「打電話給小米，我覺得她的臉也很適合這次的風格，有空就馬上過來。」

宅男女王馬上拉住Vencent的手，「Vencent，我又沒有說我不拍，衣服不合我尺寸，我要怎麼拍？」

我走到他們兩個面前，對著他們說：「衣服的部分我會處理，一定可以穿。」

Vencent轉過頭來看著我，疑惑地問：「妳可以嗎？」

站在後方的凱莉出聲，「當然可以，這些衣服都是小鐵做的，她當然知道要怎麼修改。」

Vencent微笑地看了我一眼，「OK，那就開始吧！」

我點了點頭，和製作小組討論拍照的內容。因為拍攝的是彩妝廣告，先確定好彩妝的色調，我挑了幾套搭配的衣服，就開始進行重改。衣服要改小很簡單，要改大的話，除了拉出原本留下的縫份，就只能重新加工，困難度也比較高。

而且沒有縫紉機，我全部得要手縫。我很擔心時間不夠，只能專注在改衣服上，坐在休息室的一個小角落，很專心的縫著衣服，好不容易才把第一套衣服改好。

剛好宅男女王的妝也化好了，於是我陪著她一起到更衣室換衣服。她脫掉衣服的那一刻，我被她的大胸部嚇到，不懂男生為什麼會喜歡……這種胸。

在我發呆時，她突然開口，「這麼醜的衣服讓我穿在身上，我的皮膚都開始發癢了，妳確定妳是服裝設計師嗎？」

我沒有回答，繼續幫她穿好衣服。拉上背後的拉鍊時，完全合身。我鬆了一口氣，如果沒改好就真的糗大了。

她不開心地用力扯著裙襬，拍拍身上的衣服。看到她這麼粗魯地對待衣服，我的母性威嚴開始暴走，對她說：「妳可以說衣服很醜，但請善待它，衣服是我做的，我知道怎樣可以讓妳很自然地曝光。」

我真的不想從口中說出這種威脅的話，但這宅男女王實在太欠揍。

她不爽地說：「有本事就讓我曝光，我最近正好缺新聞。」

我看著她的臉，好想出手、好想出手、好想出手……誰來把我灌醉？我忍住，深深吸了一口氣，別過臉，不停地說服自己：工作重要，先工作、先工作。邊說服自己，邊從換衣間走出來。

沒想到，一走出來，就看到石光孝坐在沙發上。他旁邊坐著 Vencent，另一邊坐了個女孩，年紀看起來只比定琦大一點。她正勾著石光孝的手，頭靠在他肩上，一臉幸福的樣子。

他的手一定要被人這樣勾著嗎？眞的覺得我的理智線快要斷了。

他看到我走出來，先是驚訝了一下，有點意外我會在這裡。但看到從我身後出走來的宅男女王，頓時露出了解的表情，馬上走到我面前，露出微笑對我說：「胃痛好多了嗎？」旁邊還是掛著那一隻無尾熊。

我沒有表情地點了點頭。

Vencent 走了過來，拉下他身上那隻無尾熊，敲了一下她的頭，「妳少在這裡亂，沒看到我們都在工作嗎？還硬要跟來？」

她生氣地說：「哥！你幹麼打我，我又沒有煩你，我是來陪光孝哥的，你眞的很過分耶！光孝哥回台灣你都不跟我說！要不是早上在公司碰到，你是不是打算都不告訴我了？」

Vencent 很認眞地點了點頭，「對，妳煩死了。大學生放暑假不會去找別的事做嗎？少來煩我。」

兩個兄妹在那裡吵來吵去。

但我現在只想離開這裡，眞的不知道要用什麼心情面對石光孝。我轉身走到角落坐下，準備修改第二套衣服。

他也跟著走到角落，在我面前蹲下，伸出手揉了揉我的頭，「是不是還不舒服？」

我搖搖頭，轉身和坐在一旁的工作人員討論第二套衣服要怎麼呈現。他就這樣一直看著我，但我故意不看他。

「阿孝，都準備好了，可以開始了。」Vencent 拉著想要往我們這裡衝的妹妹，對著石光孝喊。

「那我先去忙了，累的話就先休息一下。」他說。

我低著頭縫衣服，點點頭，沒有看他。

偷偷抬起眼睛，看他離開的背影，心情眞的很複雜。喜歡一個人不能簡簡單單就好嗎？就這樣喜歡著不行嗎？爲什麼要去在意外婆說的不適合？爲什麼在乎那些勾在他身上的手？喜歡不能只是喜歡嗎？爲什麼要有那麼多的情緒？

眞的喜歡上一個人原來這麼累。

我忍不住苦笑，針扎到手，很痛。但就是覺得很痛，連痛的反應都覺得好累。擦掉手指上的血，我繼續工作著。

拍攝期間，我一直躲著石光孝。因爲不知道怎麼面對他，不知道怎麼面對自己喜歡他心情，我只能選擇逃避。

其實他有一點無辜，但我也無可奈何。

連續換過三套衣服，拍攝進行到一個階段，已經是晚上七點多，預計需要再拍兩套。工作人員拿了便當給我，說現在是休息時間，預計八點半再開始。我放下手上的衣服，肩膀痠痛，好久沒有手縫這麼久，我連手指都好痛。

休息室的工作人員大家都去休息了，宅男女王在一旁向經紀人抱怨，說她不要吃便當，想吃大飯店的沙拉。但這樣一去一回，就會超過拍攝時間，經紀人很爲難，又不得不去買。

對於她這種行爲，我已經習慣了。從她換上我的第一套衣服到現在，每換一次我就想要打她。我很努力克制自己的情緒，現場不知道有幾個化妝師被她惹哭，也不知道有幾個工作人員氣到在外面摔東西了。

她坐到離我們最遠的沙發，閉起眼睛拿 iPod 在聽音樂。凱莉帶著便當走到我旁邊，遠遠看著宅男女王，對她比了中指洩憤，轉過頭來對我說：「小鐵，謝謝妳，還讓妳蹚這渾水，妳一定氣死了。」

我努力地想扯出一點笑容，「不要這樣說，妳平常也很照顧我啊！」借走的衣服，凱莉多半都會幫我賣掉，替我清了很多庫存。

Vencent 也拿著便當走進來，坐到我和凱莉對面，對我們說：「辛苦妳們啦！」

凱莉借機抱怨，「爲什麼廠商一定要用這種人？」

Vencent 吃著便當說：「不知道，廠商就說要用她，能有什麼辦法，反正快拍完了，我們再忍耐一下就好了。」

「下次有她的 case 千萬不要找我，我是絕對不可能再和這種人合作，我眞的很想揍她。」凱莉扳著手指，指關節咔啦咔啦響。

「我也是。」我很老實地說。

Vencent 半開玩笑地附和，「那拜託妳等拍完後再揍她，超想再看妳那記右鉤拳。那天沒把那畫面拍下來眞的有點可惜。」

「不要再叫她打架了。」石光孝的聲音突然響起。

他也拿著便當走進來，旁邊又掛著那隻無尾熊。愈看愈覺得他今天長得好像尤加利樹。我低下頭吃飯，很想假裝沒有看到他。

無尾熊掛在他身上撒嬌，「光孝哥，我們不要在這裡吃啦，我剛看到後面那裡有一個小院子很漂亮，我們去那裡吃好不好？」

石光孝沒有回答她，走到 Vencent 的旁邊，示意 Vencent 挪開一點。我不知道哪裡來的衝動，頭也不抬地說：「這裡沒有位置。」

當下的場面，是大家都能想像到的尷尬。

話一說出口我就後悔了，不敢抬頭看他，只是繼續低著頭，拿筷子撥弄便當裡的飯粒。

無尾熊附和我，「就說這裡沒有位置了，走啦！我們去院子吃飯。」尤加利樹就被無尾熊帶走了。

Vencent 有點不自然地說：「小鐵，妳不要生氣，比起我這個哥哥，我妹更喜歡黏著光孝，從她念國中到現在都這樣，她有男朋友的，只是把光孝當哥哥。」

「我沒有生氣。」抬起頭，我淡淡地說了一句。

他和凱莉看著我，一臉的不相信。好吧，我自己也不相信，更不敢相信自己剛剛眞的對石光孝說了那句話。

看著便當，完全沒有胃口。

Vencent又繼續說起石光孝的事，「他這個人就是脾氣好。我們這圈子不罵髒話的人哪裡找？不要看他好像對每個人都很好，事實上，他還是會保持一定的距離，除了他交過的女朋友，他在圈子裡從沒鬧過緋聞。」

凱莉喝了一口飲料接著說：「再好都一樣，和這種人交往太累了。想到他工作的地方會遇到多少美女，就讓人沒有安全感。三不五時又見不到人，工作時間又不固定。」

Vencent點點頭，「所以妳看看，我也單身啊！女朋友受不了就和別人跑了。光孝上個女朋友就是啊！在一起不到一年就跑去跟別人結婚，害我們光孝現在都不太敢交女朋友。」說完，還意味深長地看了我一眼。

不懂他為什麼要這樣看我，我忍不住露出疑惑的表情，Vencent只是笑了笑。

「不敢交女朋友？有這麼嚴重嗎？」凱莉不相信地說。

「有！上個女朋友傷他多深，起初說什麼不在乎他有沒有時間陪她，結果在一起之後三天兩頭吵架，最後就和阿孝分手嫁給別人，阿孝後來就不交女朋友了，因為吵架吵得太累。他單身三年多了耶！」

突然有一點心疼他，相愛的時間都沒有了，再拿來吵架不是很可惜嗎？而且真的都不交女朋友了嗎？不打算再愛人了嗎？

頓時，我好像被拉進了黑洞，世界一片黑暗。

「我男友也常在抱怨我的工作時間，有時候一忙起來熬夜到早上才回家，他都會和我吵架。媽的，說眞的，像我們這種工作，還是不要談戀愛比較好。」凱莉生氣地丟下筷子，用橡皮筋把餐盒綁起來。

Vencent 笑著說：「不要，我還是想談戀愛，有不錯的對象給我介紹一下啊！」

「不要，我幹麼把自己朋友推入火坑？又不是瘋了。」凱莉回答。

接著就看他們兩個吵來吵去。

我今天一整天都活在吵來吵去的世界，好想念我的店，好想念我的小金小銀，更想念我原本的世界。

吃完飯，我走到陽台望著天空，今天晚上沒有月亮也沒有星星，只有好暗好暗的夜色，和我的心情差不多暗。

石光孝不知道什麼時候站到我旁邊，和我一起看著天空說：「好像是要下雨了。」

我沒有回答。

「是不是我做了什麼讓妳不開心的事？」他轉過頭看我。

「沒有。」我回答著，打算轉身進去。

他嘆了口氣，然後拉住我的手，「小鐵，妳這樣讓我很擔心，從昨天晚上到現在，我一直覺得妳心裡有事，可是妳老是說沒有，如果發生了什麼，妳可以說出來，我們一起解決。」

我看著他，無奈地回答，「如果是可以解決的事就好了。」說完，我轉身離開陽台，在心裡嘆了八百萬次氣。

怎麼開口說都是一個問題，更何況要解決？

要解決也是我自己解決，從頭到尾都是我的問題，我喜歡上他，就是一個最大的問題。如果我不要喜歡他，就什麼事都沒有了，不是嗎？

但，太晚了，我好像無法自拔了。

由於宅男女王的沙拉一直遲遲沒回來，拍攝時間又拖了半個小時。她一直很堅持要吃完再工作，大家也沒有辦法，只好先讓她換衣服和梳頭髮。

梳好頭髮時，經紀人也回來了，不停地向我們大家道歉，「不好意思、不好意思，有一點堵車。」然後開始伺候宅男女王吃沙拉。

大家也懶得怪他，某種程度上，他其實也是受害者。

我走到宅男女王旁邊，叮嚀她小心，醬汁不要滴到衣服上，她卻回答我，「滴到就滴到，有什麼大不了的，反正照片都可以修啊。」

聽到她的回答，我覺得我氣得要內傷了，凱莉走到我旁邊把我拉走，「不要去跟那種女人講話，妳是嫌命太長嗎？來，深呼吸！」她比著動作要我深吸一口氣。

於是，我就和她一起吸、吐、吸、吐，好不容易覺得心情好一些，就聽到尖叫聲。宅男女王很生氣地把沙拉丟到地上，指著經紀人罵，「連拿個沙拉都要沾到我的手，我的手都油油的了。」

原來是經紀人遞沙拉給她時，醬汁不小心沾到她的手了。

接下來，就看到宅男女王的手往衣服上擦，不只一次，是好幾次。我整個傻眼，那和風醬汁是深色的，就看到衣服上有幾條咖啡色的污漬。

凱莉看到我驚訝的樣子，先是緩緩拉住我的手，在我耳邊說：「小鐵，妳冷靜。」接下來就指著宅男女王大吼，「妳這個人怎麼那麼沒水準，手髒了不會用衛生紙擦嗎？爲什麼要拿衣服擦？妳哪個時代來的？」

這一大吼，全部的人都來了。石光孝和 **Vencent** 也走進休息室，「發生什麼事了？」**Vencent** 看著大家問。

工作人員走到他旁邊，又輕描淡寫地說：「Ven哥，出了一點小狀況。」

凱莉很生氣，「什麼小狀況，她把醬汁往衣服上擦，衣服都髒成這樣了。」她看著宅男女王的經紀人，「這衣服你們要負責。」

經紀人點了點頭，十分抱歉的樣子，「我們一定會負責的。」

我掙開凱莉的手，走到宅男女王面前，沒有表情，很冷靜地對她說：「把衣服脫掉。」

「脫什麼脫啊？都要拍了，拍完再脫。」她回答我。

我看著她，冷冷地說：「馬上脫掉。」

可能是被我的眼神嚇到，她嘴裡咕噥了一會，心不甘情不願地跺了一下腳，然後走到更衣室，準備把衣服換下來，我就站在更衣室前面等。

休息室沒有半個人說話，應該是沒有半個人敢說話。

石光孝走到我旁邊，想要對我說些什麼時，宅男女王剛好換完衣服走出來，手裡拿著我的衣服，一臉很不屑地說：「穿妳的衣服是給妳面子，從現在開始，我劉子菁絕對不會再穿上妳的任何一件衣服，因爲那對我來說不是衣服，是垃圾。」

我從來沒有那麼生氣過，拳頭握得死緊。一伸出手，就聽到凱莉和 Vencent 大喊

「不要」，而石光孝則是站到宅男女王面前，把她拉到身後，看樣子是想保護她。

我以爲他只會保護我，原來不是。

這一幕讓我心灰意冷全身發涼，我抬起頭，冷冷地對他說：「你覺得我要打她嗎？你覺得我會打她嗎？你覺得她這種人有需要我動手嗎？」

聽到我的話，他愣住了，一臉內疚地想要開口，「小鐵……」

我伸手搶回宅男女王手上的衣服，對她說：「我不會打妳，因爲不值得，我只是不想讓我的衣服多停留在妳身上幾秒，那是在污辱它們。」

一說完，我壓抑住內心有多麼難過、激動，把衣服全塞進一個袋子，工具也掃進百寶箱。要不是東西沒有拿好掉在地上，我眞的不會承認我全身都在發抖。

委屈和憤怒佔據了我的身體。

凱莉和 Vencent 走到我旁邊，「小鐵，妳不要生氣……」他們支支吾吾也不知道該說什麼，因爲他們也覺得我會動手。人眞的不能犯錯，犯了一次，人家就會有心裡準備你會再犯第二次。

我沒有說話，因爲我什麼都說不出來。用最快的速度整理好，我提著東西要下樓，石光孝擋在我前面，著急地想要向我道歉，「小鐵，對不起，妳不要生氣，我只是擔心妳，我沒有別的意思……」

「隨便。」我回答著，我現在只想離開這裡。

他不放棄地一直擋著我，「小鐵，我們有話好好說……」可是我什麼都不想說。

我先把東西放在地上，然後用力推開他，我的力氣讓他跌了好幾步遠。我把地上的東西拿起來，快速下樓。當我打開大門那一刻，外面正下起了大雨。我忍不住苦笑，這雨來得眞剛好。

我跑進雨中，只想逃離那裡。

不知道跑了多久、跑了多遠，我才停下來，全身都濕透無力地蹲在地上。第一次知道心痛是這麼一回事，我沒有辦法呼吸，大口大口地喘著氣，覺得自己好像就快要死掉了一樣。

突然有一輛車停在我旁邊，車上的人搖下車窗，一位婦人對我說：「小姐，妳沒事吧！妳要去哪裡？這附近叫不到車，要不要我們夫妻送妳一程？」

我沒有回答，只是蹲著。

三分鐘後，我在他們的車上，婦人拿起她的外套遞給後座的我，「先穿上，不然會感冒。」

我感激地點了點頭。

「妳沒事吧？小姐，妳臉色看起來好差，還是先送妳去醫院？淋了那麼久的雨，看個醫生比較妥當。」先生邊開車邊說。

我搖了搖頭。

先生小聲地對婦人說：「我們載的應該是人吧？妳看她都沒有反應，有點恐怖，好像受到什麼打擊一樣。」婦人警告他不要亂講，兩個人聊起他們的事。

而我，頭腦好像空了，石光孝護著別人的那一幕一直在我腦子裡重播。原來我在他心目中是那樣的人，原來，他要保護的人很多，原來，外婆叫我不要喜歡他是對的，因爲這一切眞的好辛苦。

鼻子酸酸的，臉頰濕濕的，前頭的婦人拿了面紙盒遞給我，「小姐，妳怎麼了？還好嗎？別哭了，女生哭多不好。」

哭？從包包裡拿出隨身鏡看著自己。

原來哭是這種表情，眼眶紅紅的、鼻子紅紅的，嘴唇不停顫抖，還從眼裡不斷冒出淚水。原來哭會這麼醜，原來哭是這麼一回事。

然後，想著石光孝，我放任自己痛哭，我在石光孝身上學了到怎麼哭。

好心的婦人並沒有送我回家，因爲我不想回家。他們送我到雪兒家之後就離開。原本想要出錢補貼他們油資，但他們堅持不收，婦人還握著我的手，叫我別難過。眞的很感謝他們，不然我可能就回不來了。

下車時，雨停了，我的眼淚也停了。拿出手機想打電話給雪兒，但想起手機好像從昨天晚上就關機躺在我的床上。我提著百寶箱和一大袋衣服，走到門口按電鈴，不過沒有人應門，我只好坐在門口繼續等。

還好這次雪兒沒有讓我等太久，不到一個小時她就回來了，看到是我，還一臉驚訝，「幹，妳眞的是柯定鐵嗎？怎麼把自己搞成這樣？」我一身狼狽，紅腫的雙眼、半乾的頭髮、半乾的衣服，手上還拿著百寶箱和那一袋濕透的衣服。

我也很想知道，爲什麼只是喜歡上一個人，要把自己搞成這樣。

雪兒趕緊開了門帶我進去，先把我丟進浴室，關上門後，在門外大吼，「妳好好泡個熱水澡，二十分鐘後再出來，換洗的衣服給妳放在裡面了，百寶箱的工具我都先拿出來擦乾，可是那袋衣服妳自己處理，我最討厭洗衣服了。」

我躺在浴缸裡，想著今天發生的一切，覺得很不可思議。不過短短幾個小時，我的世界就好像被攪拌器攪到快爛了一樣。閉上發酸的眼睛，希望這一切都只是夢。

但它不是，眞正的夢是我看到了奶奶。她站在遠遠的地方，一直對我笑，一直笑，不管我怎麼喊她，她都沒有回答我，只是對著我笑著。

「幹，柯定鐵，我要衝進去了喔！妳在裡面幹麼？半個小時都沒聲音。」雪兒敲著浴室的門，力道大到門都要拆了。

我醒過來，花了幾秒回過神，對著門口說：「我要出去了。」

「快一點，水早都該涼了，淋雨沒感冒，泡澡感冒不是很丟臉嗎？」她在門外說。

我起身擦乾身體，穿上雪兒準備好的衣服，然後走出浴室。一出來，就被雪兒抓到沙發上坐好。她拿著吹風機幫我吹頭髮，吹乾，又遞了一杯溫牛奶給我，「喝掉。」她說。

我一喝完，她就把我手上的杯子搶過去，用手擦了擦我的嘴巴，「還想吃什麼嗎？肚子餓嗎？有沒有哪裡不舒服？」機關槍似地問著。

我搖了搖頭，哪裡有胃口吃東西。

然後她一臉期待，「那到底發生什麼事了？現在可以說了吧，我忍了……」她看了一下時鐘，「一個小時又十二分鐘。」

她這個樣子真的很不牢靠。

「不知道要怎麼說。」我說。

「老規矩。」她提議著。

我點了點頭。

於是她從我今天去了哪裡開始問，又問做了什麼、遇到哪些人，宅男女王怎麼那麼賤？無尾熊是哪個學校的？問了快要半個小時，大概了解整個狀況，她嘆了一口氣，

「怎麼會變成這樣啊？」

我聳了聳肩，表示我也一無所知。

「可是妳不覺得妳對石光孝太凶了嗎？他只是想過去和妳吃個飯，妳還把人家趕走。說真的，我覺得他會保護那個賤女人很正常啊，畢竟如果妳真的打她，吃虧的是妳耶，想想看，人家經紀公司不告死妳才怪。」雪兒站在石光孝那一邊。

我看著她，什麼都沒有說。

「不過那女人真的還滿欠揍的，要是我當然也會想呼她兩巴掌。但重點妳也不是一個會隨便打人的人，也難怪妳要覺得委屈。話說回來，石光孝也太白目，明明感覺起來

就是喜歡妳的，可是又什麼都不說。」雪兒站在柯定鐵這一邊。

我對她點了點頭。

「妳打算怎麼辦？」雪兒一臉擔心。

「不知道。」我很誠實地回答。

雪兒坐到我旁邊摟住我，「現在妳只有兩條路，一是繼續喜歡石光孝，二是不要喜歡石光孝，就是這麼簡單。」

我知道，但不管走哪一條路都不簡單，我需要一點時間冷靜。

「雪兒，妳和道元和好了嗎？」我問。

她氣得跳了起來，「幹，都這種時候了妳還在問我這個問題。妳是白目還是熱心過度？先管好妳自己的事就好。」

「我只是想在妳這裡住幾天，不想讓任何人知道。」我說。

「連道元也是？」雪兒一臉不解地問。

我點點頭，「因爲他和石光孝有聯絡。」我目前不想聽到有關石光孝的任何一件事。

「嘖嘖嘖，柯定鐵，妳眞的變好多，道元知道會傷心死的。妳是他的掌上明珠耶，現在居然連他都要瞞著，妳眞的是……」看到她在那裡嘖嘖嘖，讓人心情很差。

我回答，「妳也不差。」甚至比我更強，道元爲妳都不知道傷心幾年了。

我接著說：「你們到底什麼時候要和好？」

雪兒忍不住伸手掐住我的脖子，「幹，柯定鐵，妳眞的好煩，妳怎麼變得那麼煩啊！」

我也伸出手掐住她的，「我是爲你們好，快點和好啦！你們在演哪一台的連續劇，吵個架要拖幾集？」

兩個人就這樣邊掐邊玩，邊玩邊走，到了房間還是沒有停下，掐到累了才睡著。

隔天早上起來，我們看見對方的脖子瘀青，都笑了。希望不會有人看到我們，問我們需不需要幫忙聯絡家暴專線。

雪兒上班之後，我打電話給定孄，騙她說我要去南部散散心，過幾天才回家。她當然不相信，但明白我有我的考量，只叫我注意安全，好好玩，她會幫我照顧小金和小銀。

這一次，我眞的放大假了，可是我沒有心情跟大家分享。

足足休息了一個星期，雪兒工作時，我就待在她家看電視，畫設計稿。等到她下班回家，我們就一起煮東西吃。還好有她的陪伴，想念石光孝這件事變得沒有那麼沉重了。

今晚我們一起吃炒年糕時，雪兒突然對我說：「今天定嫻打過電話給我，問妳還要住多久。」

啊？定嫻怎麼會知道我住在雪兒家？

「妳不要那個表情喔！我都沒有告訴任何人，她今天來電我也嚇一跳好不好。她是妳妹，我怎麼騙得了她。」

我嘆了口氣。

「定嫻說石光孝到家裡找過妳幾次。」雪兒說著，「都那麼多天了，妳還沒有想好要怎麼辦嗎？」

我搖了搖頭，什麼都沒想，只是想了好幾次石光孝。明明很生他的氣，但就是很沒志氣，不停地想他。原來，愛上一個人會讓人變得很沒志氣。

愛？

我忍不住在心裡大喊糟糕，對石光孝，我用的不是喜歡兩個字，竟然用了「愛」字。原來愛是這種感覺，就是這種喜歡他喜歡到快死了一樣。我在心裡苦笑，覺得自己這次真的慘了。

當天晚上，雪兒送我回家。該面對的還是要面對，定嫻都知道了，我再不回家她會擔心，而且店裡也該正常營業了，我不能任性太久。

一個星期，夠久了。

回到家，看到小金和小銀，牠們朝我游了過來。那一瞬間，我又掉下眼淚，原來我這麼想念牠們。

「你們兩個都變胖了。」我又哭又笑地看著牠們。

接著回到房間，化妝桌上有七根棒棒糖，都是葡萄口味的。不用想，肯定是定琦拿下來的。走到四樓看她，她居然已經關燈睡覺了，現在還不到十一點耶！我笑了笑，幫她蓋好被子。

也許偶爾離家出走一次也不錯。

下樓時，定嫻也到家了。她看到我，先是無奈地搖了搖頭，後來對我說：「下次用一個讓我比較容易相信的理由好嗎？」

我笑了，「下次不要再拆穿我好不好？」

我要進房間前，定嫻叫住了我，「姊，我不知道妳和石光孝怎麼了，但他最近找妳找得有點急。」

我回過頭，對她點點頭，「我知道了。」

定嫻接著又說：「記得我告訴妳的嗎？如果沒有決心，寧可愛上流氓，也不要愛上好男人這句話。」

我當然記得。

「石光孝很好，但妳會很辛苦。」她說。

我知道，因爲辛苦的滋味我已經嚐到了。

這個晚上，我把螢火蟲的照片收起來，也試著把對他的感情收起來。我不該質疑石光孝的外婆，她說得對，我們不適合。我把自己蒙在棉被裡大哭了一場。

雪兒說的那兩條路，我選了一條。

好久沒有享受開店的時刻，我按下鐵捲門的開關，它緩緩升起，陽光透過大門上的玻璃灑在我身上。望著對面的早餐店，今天只有楊媽媽一個人在刷著鐵板上的污漬，旁邊的水果攤是劉奶奶自己一個人在打個瞌睡，站了十分鐘，也不見張伯伯的豆花車。

一切都好像不一樣了，包括我。

我走到浴缸旁餵著小金和小銀，「早安，你們想姊姊嗎？」牠們游過來吃飼料，「我很想你們喔！」我把手放進水裡，小金小銀吃下飼料，在我的手旁邊游來游去，偶爾會碰觸我一下。

我笑著，「你們在跟我撒嬌嗎？」

「撒什麼嬌？」聽到男生的聲音，我的心跳暫停了一秒，但認出聲音的主人，我又恢復冷靜。

我依然蹲在浴缸前，和小金小銀玩著，然後說：「來啦！」

他站在我身後，「不是我來啦，是妳終於出現了。」接著，我聽到保鮮盒打開的聲音，「來吃東西。」

我維持原來的姿勢不動，「不了，我吃不下。」

道元走到我旁邊拉起我，「妳可以不理石光孝，但妳不可以不理我。」他一臉無辜，我看著他的表情，笑出來，跟在他身後，一起坐到沙發上。

他遞一塊三明治給我，我開始吃著，他就這樣一直看著我。我繼續吃，但他太過熱情的注視實在讓我吃不太下。「用這麼深情的眼神看我，把我當雪兒了嗎？」我咬了一口三明治，看著他問。

他忽然咳了兩下，「哪有？」然後摸摸我的頭，「我有一種女兒長大了的感覺。」

我無奈地笑了笑，「什麼啊？」

「小鐵，妳變漂亮了，而且變得很有女人味，有一種魅力。」

這幾天都不知道在過什麼日子，早上照鏡子，看到自己臉色這麼難看，還擔心會嚇到客人，結果道元居然說我變漂亮了。「你眞的好善良。」當然包括喜歡雪兒這件事。

「我說眞的，雖然沒什麼精神，但表情、動作都不一樣了。心情還好嗎？還好這幾天住雪兒家，她可以陪妳。但手機都不開機，眞的讓我很傷心。」道元父親說。

「你和雪兒和好了？」我問。

他搖了搖頭。

「那怎麼知道我住在雪兒家？」

他露出「這還用問」的笑容，很認眞對我說：「第一，妳跟定嫻說去南部走走，這說法我們兩個都不相信，妳從小到大哪裡會自己出遠門？第二，妳不見那麼多天，如果雪兒也找不到妳，怎麼可能不打電話給定嫻？」

「或是你。」我接著說。

他點了點頭，然後嘆了好大一口氣，「石光孝每天都在找妳，妳知道嗎？」

我不知道，我到現在手機都沒有開機，我和石光孝註定是沒有結果的。他外婆說我們不適合，定嫻說他人太好，Vencent 說他不想交女朋友，我已經沒有繼續喜歡他的理由，如果可以，就不要再聯絡，對我會比較好。

就像奶奶的第三任男友一直被奶奶珍藏在心中，而石光孝也是，也許某一天我嫁人了，我也不會忘記我曾經喜歡過他。

「從現在開始別再說石光孝了。」我微笑地對著道元說。

他看著我的表情，不管想再幫石光孝說些什麼，都又吞了回去，最後只能對我說：「小鐵，不管怎樣，我只希望妳過得開心。」

我點了點頭，這一點，我非常清楚。

道元監視我吃了很多東西之後才離開，當然我也沒有忘記叮嚀他快點和雪兒和好，都冷戰一個多月，也夠本了，不過最後又被他混過去。看著他逃難般的背影，我在心裡祈禱，希望他們兩個人可以有結果。

奶奶，妳聽到了嗎？上帝，祢聽到了嗎？

拉回注意力，七天沒開店，累積了很多工作。該聯絡的事項和客戶，還有訂單要處理，又要訂布料、準備配件。還好道元逼我吃了很多東西，實在太傷腦力和體力了。

處理完一輪，我已經虛脫地趴在櫃檯上。

店內的電話突然響起，我猶豫著該不該接，因爲我擔心是石光孝來電。原本不想接的，但總不可能這樣一直不接電話吧？如果是客人怎麼辦？

於是我拿起話筒，膽戰心驚地說著，「柯定鐵，你好。」

「天啊，妳終於接電話了。」凱莉的聲音誇張到刺穿我的左耳，連右耳都被那聲波震動了。

我在電話這頭笑了笑。

凱莉繼續用很誇張的聲音說：「小鐵，眞的很對不起妳，明明是我接的工作，妳來幫忙，還讓妳受這種委屈。」

「不要說不好意思，是我比較不好意思，最後鬧成那樣。」我說。

「最後才精采。妳知道嗎？妳跑走之後，那個攝影師出去追妳，後來全身濕地回來，很凶地對那個賤貨說：『要不是擔心小鐵揍了妳會惹上麻煩，我絕對不會阻止她。從現在開始，我拒絕跟妳再有任何合作關係。』靠！超帥的。」凱莉邊說邊重演當時的情景，學著石光孝的語調。

我聽著聽著，心情又混亂了。

「罵完她，攝影師東西收一收就走人了。連 Vencent 都說和他認識六年多第一次聽到他這麼大聲說話，也嚇到了。妳都沒看到那個女人的表情，世界級精彩的，妳沒揍她是對的，讓她沒工作最好。」

不想再聽到石光孝的事情，我草率地結束和凱莉的對話，好怕再繼續聽著石光孝的事，我好不容易收拾好的情緒會再一次破功。

掛掉電話不到三十秒，電話又響了。遲疑了三秒，不知道要不要接，最後還是拿起話筒。話筒那頭傳來活潑又開朗的聲音，「小鐵，是我，妳在忙嗎？」

是吳院長。

聽到她的聲音，我的心情也開朗了起來，「院長，最近好嗎？」

「好得不得了。妳知道嗎？我們上網賣的鳳梨酥生意超好，每天都在趕出貨，連芒果酥都上市了。偉偉還設了臉書的粉絲什麼的，他叫妳幫他按個讚啦！」院長很開心地說著。

我也感染到她的開心，「沒問題，我會叫定嫻、定琦、道元、雪兒都去按讚。」

「哈哈哈哈，那就先謝謝啦，對了，今天主要是要妳過來拿幾盒鳳梨酥和芒果酥，小朋友們都很感謝妳，所以做了一些想送給妳，定嫻她們也還沒吃過嘛，妳方便今天過來拿嗎？」

「院長，沒關係啦！你們留著吃，或是上網賣就好，生意這麼好，都賣不夠了，就不用再送給我了。」一盒的收入都相當小朋友一天的生活費了，我怎麼好意思拿回來吃。

院長使出殺手鐧，「還是我幫妳送過去，這種手工做的食品保存期限短，沒辦法放太久，早一點拿給妳我比較安心。」

這不是折煞我了嗎？「院長，我等一下過去拿。」只好妥協。

「好，我等妳啊！」院長笑了笑，把電話掛上了。

忍不住嘆一口氣，眞的是沒有出門的心情。但院長都這樣說了，我也只好換個衣服準備出門。

明明早上還是好天氣，現在卻下起大雨。天氣反覆無常，人也是，什麼都抓不住，卻什麼都想擁有。

坐了計程車到育幼院，院長看見我，又開心地抱住我，「小鐵，來啦！」

我笑著點了點頭。

然後院長突然在長廊上快走起來，邊走邊開心地說：「小鐵，妳看我最近有沒有健步如飛？我用了妳給我的那瓶藥膏，膝蓋好了很多，妳看，連今天這樣下雨也不覺得疼痛呢！」

看到院長這麼活潑的樣子，突然好想念奶奶。如果她還在，是不是也能健步如飛，和我一起來育幼院跟院長聊天喝茶？

院長走回我旁邊，看著我說：「怎麼啦？想些什麼？」

我回神，微笑地搖了搖頭，「沒有。」

院長突然又打量起我，「小鐵啊，我怎麼覺得妳變啦，變漂亮了，也變穩重了！」

一天之內兩個人說我變漂亮，我應該要開心得飛起來才對，我卻因爲那句「妳變了」，覺得成長要付出的代價好沉重。

也許人都要狠狠受過一次傷，才會眞的長大。

到了院長辦公室，院長拿了好大一袋東西遞給我，裡面是好多鳳梨酥和芒果酥。

「幫我分給道元和雪兒，叫他們有空來走走，也好一陣子沒看到他們了。」

我接了過來，好沉。

院長又突然說：「對了，妳先坐一下，我去倒杯好喝的紅茶，妳試喝一下，古早味的喔！」

她一離開辦公室，我便拿了一些錢，夾在辦公桌上的院長日誌裡。如果直接拿給院長，她一定不會收的。

才剛把日誌闔上放回桌面，就有人說：「在幹麼啊？」

我嚇了一跳，以爲是院長回來了，抬起頭一看，沒想到是石光孝的外婆。她依然穿著旗袍，頂著梳好的髮髻。我看著她，愣了一下，她看著我，也愣了一下，然後又用銳利的眼神看著我問：「妳是誰？」

又來了……

很無奈地掙扎要不要解釋時，院長回來了。看到石光孝的外婆，打了個招呼，「啊，妳來啦！」

外婆冷哼了一下，隨即又從口袋裡拿出香菸，點了一支抽起來，「快點，還讓我下雨天出門，哪來這麼大牌的人？」

院長笑了笑，「我大牌一下不行喔？對了，剛好，我介紹一下，這就是我常向妳提起的小鐵。」接著看著我說：「這是阿孝的外婆。」

「外婆，妳好。」我打了招呼。

「誰准妳叫我外婆？」她又來了。我本來不想叫，可是院長在這裡，明明知道會得到這種反應，也只能打招呼。

院長拿掉外婆手上那根菸，「妳不要嚇小孩。還有，就說了在這裡不要抽菸的嘛！」

外婆一臉不爽，「所以我才懶得來啊，東西在哪裡？我趕著回家上網。」

院長搖搖頭，把桌上另一袋鳳梨酥遞給她。可是外婆的眼神一直看著我，是要我幫她拿的意思嗎？我走過去，幫她提了那一袋。

「小鐵，那就麻煩妳了，幫忙拿到她車上。」院長不好意思地對我說著。

我提了自己的那一袋，站在院長室門口和院長道再見。正好看到院長背後的外婆也拿出一疊錢。她拿起院長日誌，一打開本子，看到裡面有錢，抬起頭來看了我一下。我回以微笑，她也把錢放在裡面，將日誌放回桌面，走出辦公室。

這時雨停了，太陽出來，用力地曬著。

我跟在她身後差不多兩步的距離。外婆又拿了一根菸抽著，一直走到熟悉的車子旁邊，我很自然地打開後座，把鳳梨酥放好，再關上門。外婆看著我的一舉一動，接著把菸丟在地上踩熄。

「看來很常坐我的安迪吧！」她指著車子說。

我微笑著避開她的話題，「外婆，開車小心。」七十幾歲的老人家還能開車，眞的很不簡單。

「上車。」她開了車門，坐上駕駛座，對我說著。

啊？

外婆見我沒有反應，於是又大吼一聲，「我叫妳上車。」

這一吼，嚇得我打開門坐上車。門都還沒有關好，外婆就發動車子踩下油門，「咻」地一聲離開育幼院。我呼吸困難，結結巴巴地說：「外婆，我可以自己回去，不用送我沒有關係。」

外婆氣定神閒地踩著油門，「誰說妳可以叫我外婆，誰說要送妳回去了？」

不送我回去是要去哪裡？

「那，外婆，妳可以讓我在這裡下車嗎？」我可以自己回去。

「妳在這裡下車？那誰幫我提東西回家？」外婆笑了一聲，像是在笑我的天眞。

但我因爲這句話，嚇得滿腦子混亂。回家？意思就是我會碰到石光孝嗎？想到這裡，我就全身發冷，好像快要生病了。

外婆轉過頭看了我一眼，「冷氣開那麼強了，妳流什麼汗？這麼嬌貴。」

我忍不住在心裡哀嚎，外婆，這可是冷汗啊！

「外婆……我還有事得回店裡，可以先讓我下車嗎？」我結結巴巴地說，真的希望老天爺給我一個奇蹟。

但外婆沒有理我，自顧自地哼著我沒有聽過的歌曲。

或許我該考慮跳車？唉，但我怕痛。整個人在車上坐立難安，一直想著，是不是還有別的方法，可以讓我不痛而且安全地離開這台車。

外婆又點了一根菸，一手握著方向盤、一手優雅地夾著菸，雖然姿勢很美，可是我覺得外婆的用菸量太高了。我身邊沒有會抽菸的人，還想起雪兒爸爸就是肺癌過世的。

我忍不住又說：「外婆，抽菸對身體健康不好，妳抽太多了。」

她沒有理我，然後說：「妳和那小子吵架了？」

我先是愣了一下，接著回答，「沒有。」

外婆突然提高音量，「沒有？沒有的話，那小子是整天擺什麼臭臉給我看？跟他講話也不理我，每天關在房間不知道在幹麼。早上一句話也不說就出去，害我在這種怪天氣還要出來拿鳳梨酥。等他晚上回來，我一定要把他趕出去。」

聽著外婆的話，我又多混亂了幾分。另一方面想到他出門去了，我可以不用看見他，心裡就輕鬆許多，屁股的那幾根刺好像消了一樣，不禁放鬆下來靠在椅背上。

轉過頭，看著外婆的臉，想起她對我說的那句「你們不適合」，突然間好想知道爲什麼。我深吸一口氣，活了二十九年，終於把這個問題說出來，「外婆，爲什麼妳覺得我和石光孝不適合？」

外婆也轉過頭來看我，先是發火地說：「到底要講幾遍，不要叫我外婆！還有，我什麼時候說過你們不適合了？」說完，收起發火的表情，一臉莫名其妙地看著我。

我才莫名其妙好嗎？

「明明就說過，就我炸豬排給妳吃的那天啊！妳叫我不要喜歡石光孝，妳還說我們不適合。」我有一點生氣地說。礙於她是長輩，我極力克制自己的情緒，但音量還是忍不住提高很多。

「有嗎？我說過嗎？我不記得了。」外婆用幾個字就想打發掉一切。

「有，明明就有。」我據理力爭。

「沒有，明明就沒有。」她還是死不承認。

我眞的生氣了，「妳說過。」

外婆看著我，帶著笑容，「妳有證據嗎？去調錄影帶啊！」

我頓時整個沒力，靠回椅背上，扶著額頭。我覺得我快要爆炸了，外婆的腦海裡是放了橡皮擦嗎？我爲了那幾句話難過了好幾天，現在她完全推翻，那我那幾天是白難過的嗎？跟白痴一樣啊我。

「臉色幹麼這麼難看？現在是對我發火了嗎？」外婆還好意思問我。

我氣得不想理她，簡單地說：「沒有。」

「現在的小孩脾氣一個比一個大，在家看那小子的臭臉就算了，怎麼我現在在外面還要看一個小女孩的臭臉？尊重長輩這種基本道理，好像都不知道忘到哪裡去了。」外婆酸酸地說。

我收起臭臉，再怎麼生氣她都是長輩。奶奶說過，長輩再怎麼不對，可以溝通，但不可以沒有禮貌。我很努力地想微笑，但我的顏面神經眞的很難控制。努力拉開笑容，好聲好氣地說：「外婆，我沒生氣。」說完還笑了兩聲。

她瞪了我一眼，「妳好醜。」

我嘆一口氣，算了，反正等一下幫她把東西提回家我就馬上走人，接下來也不會有什麼碰面的機會。

又到了那一棟像小學的建築，外婆向警衛打了個招呼，警衛笑了笑，打開大門，接著外婆把車開了進去，停在車庫內。我驚訝地問：「為什麼開進來？」

「借停一下啊，不然我家附近哪有位置可以停。」外婆很自然地停好車，下了車，眼神示意我要記得提鳳梨酥。我打開後座，提出我的那一袋跟外婆的。

她撐著陽傘走在我前面，我走在後頭問：「沒有經過主人同意就停，沒關係嗎？」

外婆冷笑了一下，轉過頭來對我說：「這主人我從小看到大，我為什麼不能停？這裡是光孝的舅舅家，妳連這個都不知道？不然你們是在談什麼戀愛？辦家家酒嗎？」

我被太陽曬得快中暑，還是不忘解釋，「我們沒有談戀愛。」

但外婆似乎不在意我說的，「走快一點，我要熱死了。」她一直催促著我。雖然我力氣很大，可是兩隻手各提了將近十公斤的東西，也是很大的負擔。

好不容易到了外婆家，我有點遲疑要不要進去。站在門口發呆，心裡想：不知道石光孝回來了沒。

外婆看了我一眼，大聲說：「還不快點進來？」

我點點頭，硬著頭皮走進去。走到客廳，我把鳳梨酥放在桌上，打算趕快離開，「外婆，那我還要回店裡，就先走了喔！」

才跨出一步，又被她叫住，「等一下！」

我洩氣地轉身，又有什麼事啊？外婆！

她從櫃子裡拿了兩瓶醃漬的黃瓜罐遞到我面前，「打開。」

我嘆一口氣，接過來，「喀、喀」兩下，把黃瓜罐遞還給外婆。她一臉滿意地看著我，「長得醜，至少還有力氣大這個優點。」

「謝謝。」無奈地回應著，「那外婆，再見。」

她老人家又發火了，「我有說妳可以叫我外婆嗎？我有說妳可以離開了嗎？」

看著外婆的臉，我眞的很想哭，您爲何整我？

「我要吃炸豬排。」說完，又和那天一模一樣，她坐在餐桌旁，拿了書翻看。

我眞的拿她沒轍，只好打開冰箱，重複上次的動作。拿出豬肉、麵粉、麵包粉、蛋，還有其他的配料準備，接下來，開始拍打豬肉、沾麵粉、炸豬排。不到十分鐘，一盤炸豬排就放在外婆面前。我很識相地先幫她拿了筷子。

坐在她面前，等她吃完豬排，我幫忙整理清洗乾淨之後，再次準備離開，「外婆，碗都洗好了，我先回去了。」

「等一下，我要吃炸豬排。」外婆看著我說。

我一臉不可思議，她突然打了一個嗝，明明就那麼飽，還要再吃什麼豬排？「妳確定？」我問著她。

她點了點頭，又打了一個嗝。後來自己也假裝不下去，惱羞成怒地放下手上的書，對我說：「過來坐。」

我有一種時光錯置的感覺，現在是發生什麼事了？爲什麼一直在重複一樣的事？又要說我們不適合了嗎？還是要叫我不要喜歡石光孝？這些我都知道，我不會再喜歡他了。

我坐好，和外婆對看了一分鐘，她突然對我說：「你們趕快和好吧！」

啊？

「我以爲妳又要說我們不適合了。」我說。

「我什麼時候說過？妳調錄影帶嘛！」外婆不滿地說。

算了，提到這個話題，算我沒智商。

我站起身，「外婆，沒事的話，我先走了。」

「等一下，我有說妳可以走嗎？」外婆在我背後喊著，但我決定假裝聽不到，再這樣下去，我一輩子都走不了。

走到了門口，外婆還在我後面喊著，「趕快和好啊！」

聽到這句話，我可以體會道元和雪兒每天被我問相同問題的心情，完全、非常、totally。從現在開始，我絕對不會再問他們這件事，眞心沒料到報應會來得這麼快。

用最快的速度穿好鞋，站好，準備離開時，石光孝正站在我前方看著我，我解讀不出他的表情，他只是像要把我看穿那樣，一直看著我。

我被他看得有點心慌，移開放在他臉上的視線。同時看到他旁邊站著無尾熊，就是Vencent的妹妹。而她身上披著我做給石光孝的那一件衣服，我最喜歡的那一件黃藍格子襯衫。石光孝本人則穿著白色背心和牛仔褲，無尾熊依然掛著尤加利樹。

他爲什麼好好的一個人不當，要當一棵尤加利樹？

看到那件衣服披在另一個女人身上，這一幕讓我鼻子很酸，眼睛也很酸。我知道這是要哭的前兆，但我很努力忍著。到底是我倒楣還是石光孝運氣太差，每次都讓我看見這種事情？可是我一點都不想看到。

我傷心地往前走，推開他那一刻，我的眼淚已經掉了下來，邁開步伐往前跑著。爲什麼要讓我看到我做給他的衣服披在別人身上？

那是我對他的心意，他爲什麼不懂？

跑不了多遠，石光孝就從背後抓住我的手。我們停了下來，但我沒有回頭，現在看到他的臉，我都會心酸得快要死掉。

「小鐵，妳聽我說，妳不要誤會，因爲小妮的裙子沾到……那個，就是女生每個月都會來的那個。所以，我只好先脫下來讓她遮一下，沒有別的意思，Vencent 叫我幫他送小妮回去，可是小妮忘記帶家裡鑰匙了，所以先來我家。」他抓著我的手，站在我背後解釋著。

我流著眼淚，沒有回答。

「小鐵，對不起。」

我知道，遇到這種事，男生要發揮風度，但爲什麼石光孝該死地那麼有風度？他爲什麼該死地要對每個人那麼好？爲什麼喜歡上好人需要承受這種不開心？

他走到我面前，看到我的眼淚，嚇了一跳，「妳哭了？」

對於他的問話，我眞心火大，「我不能哭嗎？我做給你的衣服在別人身上，我不能爲我自己心酸一下，難過一下嗎？」

「小鐵……」石光孝一臉歉意，還想說些什麼。

「不要叫我的名字。」我現在已經不是難過了，是生氣，氣自己爲什麼要愛上他，眞的好辛苦，辛苦死了。

我無力地蹲在地上，氣到大哭。爲什麼要這麼累？爲什麼？爲什麼？我眞的不懂心裡這些委屈是從哪裡衝出來的，多到把我淹沒。

他擔心地蹲在我面前，摸著我的頭說：「不要哭了……」

我也不想哭，但不知道爲什麼，眼淚就是一直掉一直掉。沒有人告訴我，學會哭之後會變得這麼愛哭。

面對這一切，我眞的不想再繼續了。我抬起頭看他，我們的距離又只有五公分，看著他的臉，我想，也許一切都該有一個結果了。我不想再這樣下去，不如就在今天把問題解決吧！

解決我喜歡上他的這個問題。

於是三秒之後，我讓距離變成零。

是的，我吻了他，做了我一直很想做的事。

當我再度看著他的臉，我鼓起勇氣問他，「如果我說絕對不會問你攝影和女朋友要如何選擇，你會不會就敢交女朋友了？」

他也看著我，表情複雜，沒有回答。

時間一秒一秒過去，他依然用那個複雜的表情看著我。

我想我知道答案了，我站起身，他也跟著我站起身。我望向他，這個讓我知道「喜歡」是怎麼一回事的人。回想著這一陣子發生的事情，有快樂，也有難過，十分謝謝他對我的好，也許對別人好只是他的習慣，但我依然謝謝他。

我拭去臉上的淚水，然後對他說：「從現在開始，我不要再做衣服給你了，因為我不喜歡它穿在別人身上。」

「小鐵……」他不知道該說什麼，喚著我的名字。

「還有，從現在開始，我不要再喜歡你了。」接著我轉身，打算離開，他又拉住我的手。我回過頭，無尾熊跑到他身邊，手又勾在他身上。

看到這一幕，我說了最後一句，「因為我討厭別的女生勾你的手。」我用力甩開他的手，跑出巷子，攔了計程車，一坐上車又開始用力哭。

計程車司機轉過來，遞了盒面紙給我，「小姐，我知道妳可能很難過，但可不可以哭小聲一點？我聽不到基地台的無線電訊號。」

我抽了幾張面紙，對他說了聲，「Sorry!」接著繼續哭。

都還沒有開始就結束的失戀，竟比前面九次痛上千倍萬倍。原來如果真的愛上一個人，結束時會是這麼痛苦，原來愛這是麼一回事。我要感謝上帝，讓我在愛上第十個人時，知道了什麼是愛。

至少現在我懂了。

這個晚上，我把二十九年來沒哭的分量全都哭完，愛的代價比想像的還要大。奶奶又來到我的夢裡，說要幫我辦三天三夜的流水席，還要放上八百個大龍砲，慶祝這一次我是眞的失戀了。

眞是謝謝妳啊！奶奶。

接下來的日子，我盡量讓自己回到原來的生活，即使我明白，有很多東西不可能再像以前一樣，但我還是努力讓自己看起像以前一樣。

「幹，妳可不可以先不要工作，跟我聊一下天？」雪兒又來店裡避暑。

「嗯。」但我手上的工作還是繼續著。

「妳不要變成工作狂好不好，猛接工作是怎麼一回事？定嫺很擔心耶，又不是沒失戀過，第十次還不習慣嗎？」

我可以習慣失戀，只是不習慣對象是石光孝而已。

「妳最近爲什麼不問我跟道元和好了沒？」雪兒繼續問。

我向上帝說過，絕不會再問他們這個過問題，「你們開心就好。」我拿著針別著人型模特兒身上的衣服，準備修改版型。

「啊！煩死了，我不要跟妳說話，我要回公司了。」她抓狂地搖了搖頭，拿了包包就走了。

「路上小心。」我很盡朋友道義地說。

她又再罵了一聲幹之後才離開。

雪兒走了不到十分鐘，換道元進來了，提了一堆東西，什麼都沒有問我，很認分地直接放到二樓冰箱，下樓對我說：「東西放在冰箱，記得吃。」

「好。」我依然專注著手上的工作。

道元站在一旁，想對我說什麼但又不敢說，最後嘆了好大一口氣，「不要想太多，好好休息。」

我點了點頭。

他準備離開時，又問了一句，「妳爲什麼都不叫我快點跟雪兒和好？」

我又重複了剛剛那一句，「你們開心就好。」你們說，這兩個人是不是世界無聊？眞心吃飽太閒，有本事眞的一輩子不要和好。

他摸摸鼻子離開。

不到三分鐘，又有一個人走了進來。我嘆一口氣，心想這兩個人到底煩不煩？沒想到一轉頭，石光孝就站在門口，穿著我做的那件黃藍格子襯衫。對於他的到來，我很驚訝，因爲我以爲我們不會再見面了。

我們對視著，後來我先移開了視線，對著人型模特兒說：「歡迎光臨。」強壓住那喜歡的情緒，不停說服自己：停停停，不能讓感情再氾濫。我穩住呼吸，繼續自己的工作。

石光孝走到我旁邊，拉開微笑對我說：「小鐵，我們可以談一談嗎？」

好久不見的天使笑容，眼角好像有光芒在那裡閃啊閃的，一時之間我又失去理智，針不小心往手上扎了一下。我叫了一聲，回過神時，我的手指已經在他的嘴裡。

這情節是連韓劇都演到不想再演的梗，但我竟因爲這個動作不知所措。把手抽了回來，走到一旁去，假裝忙碌地說：「對不起，我很忙。」

他笑著對我說：「沒關係，我等妳。」

「不需要。」我僵硬地回答。

他仍笑著說：「有需要，我等妳。」

這一等，就等了好幾天。他每天都來，每天都穿著一樣的衣服來，每天都說沒關係我等妳，但我依然冷淡。他就著跟我上下班，有時候和道元聊天，有時候和雪兒聊天，每天都是一樣的行程。

我不明白他要和我談什麼，我也不覺得還有談的必要，我鼓起勇氣和他談的那一天，一切都應該結束了。

可是今天他沒有來，因爲颱風天，台北市停班停課，我想他今天也不用來這裡上班。心裡湧起一種思念的感覺，但我警告自己不可以。

專心踩著縫紉機，門突然被打開，石光孝全身濕淋淋地走了進來。我驚訝地看著他，他笑著對我說：「外婆的車子突然在前面拋錨，只好跑過來。」

我沒有回答，嘆了口氣，到二樓拿條毛巾，再從架上找到一件符合他尺寸的衣服，「換好就趕快回家。」我冷冷地對他說。

「不要。」他笑著拒絕我，只接過我手上的毛巾，開始擦頭髮。

「我不知道你到底要跟我說什麼，但我現在什麼都不想聽。」我說。

他依然笑著，「等妳想聽的時候我再講。」

看著全濕的襯衫還滴著水，我忍不住問：「你不膩嗎？每天都穿一樣的衣服，連濕了都不換下來。」我有一點生氣，全身濕答答的，不換起來肯定會感冒。

「因爲妳喜歡。」他說。

我看著他，深呼吸一口氣說：「現在不喜歡了。」

他揚起嘴角，又問一樣的問題，「小鐵，我們可以談談嗎？」

我還是老話一句，「對不起，我很忙。」

但這次他沒有說「沒關係，我等妳」，他對我說：「沒關係，那我跟小金和小銀聊天？」

「隨便你。」我沒有理他，轉身回工作檯邊，拿起設計稿看著，但其實是在裝忙。

我偷偷地看他。他走到浴缸前面，向小金小銀打招呼，「嗨，你們好，來了好幾次都沒有跟你們打招呼，我是阿孝哥哥。」

爲什麼自己做的時候都覺得很正常，但看到他這樣，突然覺得他有點蠢。

「阿孝哥哥最近害你們姊姊傷心了，想向姊姊說對不起，但她一直都很忙，你們也擔心姊姊的身體吧？她是不是又瘦了好多？道元和雪兒說她一直工作都不吃飯，阿孝哥哥很擔心。」他很專注地對著浴缸裡說著話。

但我可以想像小金和小銀根本不甩他。

「其實阿孝哥哥很開心，因爲姊姊說她喜歡我……」沒等他說完，我馬上反駁，「現在不喜歡了。」

他轉過頭，又對著我笑，我別過頭不去看他。

「不管姊姊要不要繼續喜歡我，阿孝哥哥一直都很喜歡姊姊，一直喔！第一次看見姊姊的時候，她打瞌睡的樣子好可愛，如果你們看到，一定也會這樣覺得。其實那顆鏡頭被姊姊踢壞了，但是我不想送去修，一直留著當紀念。姊姊力氣眞的很大對吧！但我喜歡看她打人的樣子，很有魅力。」他繼續說，我聽到這些話，覺得鼻子好酸。

「因爲阿孝哥哥太喜歡姊姊了，所以想要保護她。」他頭上的雨水滴進浴缸，專注地看著小金和小銀，「你們知道嗎？阿孝哥哥第一次覺得害怕，害怕姊姊如果也因爲阿孝哥哥的工作關係離開我，那該怎麼辦？」

我看到手上設計稿畫的線條被我的淚水暈開。

「那阿孝哥哥寧願一輩子當她的朋友，在她旁邊就好。阿孝哥哥不想看到姊姊哭，所以就算很喜歡她也不能說。」

我的心好像都揪在一塊兒，爲什麼兩個人明明互相喜歡，卻不停地因爲喜歡而折磨彼此？

他站起身，走到我旁邊，看著我說：「可是，姊姊說她不要再喜歡我了，阿孝哥哥好難過，所以阿孝哥哥要把姊姊留在身邊，讓她喜歡阿孝哥哥一輩子，你們覺得姊姊會答應嗎？」

我的眼淚已經不知道流到哪裡去了，可能跟對面劉奶奶孫子的口水一樣，流到太平洋去了。

他用手輕輕拭去我的眼淚，「不要哭好嗎？我喜歡看妳笑，看妳不知所措的樣子，看妳打抱不平的樣子，看妳認眞工作的樣子，看妳吃醋的樣子，看妳待在我身邊的樣子。小鐵繼續喜歡我好不好？」他注視我，不停地用他的眼睛想要催眠我。

但我很清醒，伸出手拍掉他觸碰我臉頰的手，「不好。」

他一臉受措的神情，眼眶紅紅地看著我，「爲什麼？」哼，不要以爲用這種表情就可以彌補我最近這些低落和難過。

「因爲你太好，對每人個人都好，所以定嫺叫我去愛流氓，不要愛好男人。」我擦掉臉上的眼淚說。

他急忙說：「不可以，就算我對別人很好，但是一定對妳最好。」

「我不喜歡女生勾你的手。」我說，每接一份工作就有不同的女人來勾手，就算我再怎麼菩薩心腸也沒辦法接受。

他突然從後口袋拿出一本小冊子，有一點淋濕，上面的字有些模糊。他翻了幾頁，開始唸著，「如果有女生勾我的手，我就告訴她，不好意思我有皮膚病。」

我把那本冊子搶過來看，上面還有很多：如果有女生請我載她一程，就說我的車子是單人座。如果有女生叫我請她吃飯，就說我銀行只有二十八塊。如果有女生叫我衣服給她穿，就說這是我心愛的女朋友做的，誰都不能穿……

我忍不住笑了出來，拿著小冊子問他，「怎麼會有這個？」

「我和 Vencent 一起想的，不錯吧！」

「很爛。」我老實說，但很感動。

他突然把我拉進懷裡，「我會盡量找時間陪妳，不讓妳覺得孤單，不讓妳覺得寂寞，不讓妳覺得不安，我會努力不讓妳離開我。」

我的衣服被他的衣服弄濕，冷氣吹在我身上，有一點冷，卻因爲他的話，讓我整個人溫暖得直掉淚。

我推開他，拿起他脖子上的毛巾，幫他擦了擦頭髮，他又露出那個令人想侵犯的笑容看著我。我抓著毛巾的兩邊，把他拉到我面前，又哭又笑地對他說：「那我只好繼續喜歡你。」然後，我又吻了他。

那一瞬間，我覺得愛眞的好不可思議，不管多努力想要抵擋愛、想要防禦愛、想要阻擋愛，花了再多力氣，也全都會在這時候瓦解，原來這就是愛。

放開他之後，我忍不住小抱怨了一下，「可惡，每次都是我主動。」

他笑著抱住我，「哪有，第一次是我先的。」

我好奇地問他，「第一次？」

「妳在我房間睡覺的時候，我就忍不住……」他笑了出來。

「喂，你很下流耶。」沒想到那時候就被侵犯了，我還以爲是自己臉皮厚，每次都主動。

他笑著，把我抱得好緊。我也抱著他，緊緊的。

原來這一次我沒有失戀，而是眞的愛上了一個人。

「如果和好了，可以陪我打一盤嗎？」一道聲音響起，我急忙推開石光孝，找尋聲音的來源。

定琦坐在樓梯口，口中吃著一根棒棒糖，手裡還拿了兩根棒棒糖，我忘了她和定爛都因爲颱風天放假在家。

她一說完，就被定爛從後頭抓住，「妳給我上來。」

樓梯口只留下兩根棒棒糖，我和石光孝相視而笑。現在開始，我的心中留下石光孝，他的心中留下柯定鐵。

愛眞的是一件很莫名其妙的事，先把你變成瘋子，再把你變成傻子，不管成了瘋子還是傻子，在愛面前，我們都沒有選擇的權利，或許當個愛的瘋子或是愛的傻子，都不是什麼壞事。

至少我們都明白了愛。

「嗯？準備轉機了嗎？」我拿著電話問。

轉眼，一年的時光就這樣過去。這天我們全聚在外婆家，等著爲完成一趟海外攝影工作的石光孝接風。

石光孝開心地說：「到了，這次結束可以休息兩個月了，想不想去哪裡玩？」他跟著基金會再去了一次肯亞，會把拍攝的作品出版，他不拿版稅，全數捐出。

對於他的善良，我感到非常開心。雖然見面的時間不多，有時候兩個星期見一次，像這次又隔了三個月沒見面，但我一點都不覺得孤單，因爲我知道我在想他的時候，他也在想我。

「沒有耶，我要趕案子。」最近夫人們的 case 多了好多，雖然很累，但很開心，因爲收入也增加了。

「我不管啦！我訂好機票要去加拿大，我爸媽說很想妳。」他說。

我笑了笑，「好啦，都交給你安排。」

「我要聽那個。」他說。

「現在？」我說。

「對！」

我只好把雪兒教給我的那一套好好地使出來。「我——好——想——你。」

雪兒坐在我面前，剛塞進嘴裡的一口肉干馬上吐出來。一旁正在包水餃的道元不小心拉破了三張水餃皮。

「我也是，待會見。」

開心地掛掉電話，雪兒馬上說：「幹，妳和石光孝眞的好噁心，明明他人都在泰國轉機準備回來了，還在那裡我好想你。幾個小時後就可以見面了，有需要這樣嗎？」

我笑一笑，聳了聳肩。

雪兒繼續說：「妳叫柯定鐵，他叫石光孝，一塊鐵、一顆石頭，明明就硬邦邦的東西，碰在一起比棉花糖還噁心。」

「那有噁心，那叫眞情流露好不好，道元，你說是吧！」我問著坐在一旁努力幫我們包水餃的道元。

「是噁心。」他頭也沒抬地直接回答，傷了我的心。

懶得理他們，我走到客廳，看到定琦和外婆正努力按著鍵盤和滑鼠，這兩個人打遊戲都玩上癮了。

「外婆，妳不要抽菸好不好，我都看不到螢幕了。」坐在客廳的定琦對著外婆說。

外婆繼續抽菸，「妳懂什麼，這是我的作戰策略，妳看不到螢幕我才能贏啊！」

定琦放下滑鼠，很冷靜地放話，「再這樣我不玩了喔！」

外婆馬上熄掉菸頭，「好好好，我不抽就是了。」

接著，看定琦遞了根棒棒糖給外婆，但外婆一臉嫌棄地不想拿，定琦只好又說：「不吃嗎？那我不要玩了。」

外婆二話不說，連包裝紙都沒有拆就放進嘴裡。看到這一幕，我真的忍不住大笑，沒想到定琦可以制住外婆。她們現在是好朋友，連外婆家的客廳現在也是三台電腦。

外婆看到我在笑，一臉不爽地對我說：「去房裡幫我拿外套，我要穿第二個櫃子裡的第三件。」

我馬上收起笑容，只有定琦制得住外婆，我的功力還差很遠。

走到外婆房間，打開她說的第二個櫃子，數到第三件。明明就不是外套，是一件褲子，那到底是要哪一件？我在房裡喊著，「外婆，第三件不是外套，妳說的外套是什麼顏色？」

「明明就是外套，水藍色那件。」外婆在客廳裡吼著。

但這第二個櫃子裡明明沒有外套。我只好打開第一個櫃子找，在櫃子底下看到一張結婚照片，是用木框裱起來的，感覺年代有些久遠。我好奇地蹲下，卻在看到照片上的人時愣住了。

女生是外婆，男生居然是奶奶的第三任男友。

他的照片還在我的皮包裡，雖然沒有親眼看過他，但因爲奶奶很愛他，我堅持收藏著照片，對他的模樣很熟悉，這樣的巧合眞令人感到不可思議。

奶奶最愛的男朋友和外婆結婚，而現在的我，和奶奶最愛的人的孫子談戀愛，這是多麼奇妙的緣分。如果我告訴石光孝，他一定會笑著對我說：「我們就是天生一對。」

好久沒有夢到奶奶了。

這一刻，我好想告訴奶奶，「就像堅持收藏照片一樣，這份感情，我一定會繼續堅持下去，爲奶奶，也爲了自己。」

也許，我們曾經不懂愛，拚了命地想了解愛是什麼，跌跌撞撞也始終搞不清楚，於是開始懷疑自己愛的能力，甚至開始質疑自己是不是能夠擁有愛。

可是愛呢？它從來就沒有規則，也許會用某種方式消失，卻又會以不同的型態出現。你只能等待、只能堅持，愛會在某一個時刻到來，讓你明白：愛有悲傷，也會有快樂，有痛苦，也有幸福。

最後，在不知不覺間懂得了愛。

【全文完】

國家圖書館出版品預行編目資料

愛很好，也很壞／雪倫著. -- 初版. -- 臺北市；商周，城邦文化出版；家庭傳媒城邦分公司發行，民101.12
面；公分. --（網路小說；208）

ISBN 978-986-272-269-5（平裝）

857.7 101020763

愛很好，也很壞

作者／雪倫
企畫選書人／楊如玉、陳思帆
責任編輯／陳思帆

版權／翁靜如
行銷業務／李衍逸、蘇魯屏
總編輯／楊如玉
總經理／彭之琬
發行人／何飛鵬
法律顧問／台英國際商務法律事務所 羅明通律師
出版／商周出版
台北市中山區民生東路二段141號9樓
電話：(02) 2500-7008 傳真：(02) 2500-7759
blog：http://bwp25007008.pixnet.net/blog
email：bwp.service@cite.com.tw
發行／英屬蓋曼群島商家庭傳媒股份有限公司城邦分公司
聯絡地址：台北市中山區民生東路二段141號11樓
書虫客服服務專線：(02) 25007718・(02) 25007719
24小時傳真服務：(02) 25001990・(02) 25001991
服務時間：週一至週五09:30-12:00・13:30-17:00
郵撥帳號：19863813 戶名：書虫股份有限公司
讀者服務信箱 email：service@readingclub.com.tw
城邦讀書花園網址：www.cite.com.tw
香港發行所／城邦（香港）出版集團有限公司
地址：香港灣仔駱克道193號東超商業中心1樓
email：hkcite@biznetvigator.com
電話：(852)25086231 傳真：(852) 25789337
馬新發行所／城邦（馬新）出版集團 Cité(M)Sdn. Bhd.
41, Jalan Radin Anum, Bandar Baru Sri Petaling,
57000 Kuala Lumpur, Malaysia.
電話：(603) 90578822 傳真：(603) 90576622
email:cite@cite.com.my

版型設計／小題大作
封面設計／transform design
電腦排版／浩瀚電腦排版股份有限公司
印刷／高典印刷有限公司
總經銷／高見文化行銷股份有限公司
電話：(02)2668-9005 傳真：(02)2668-9790
客服專線：0800-055-365

■ 2012年（民101）11月29日初版 Printed in Taiwan

定價／200元
著作權所有・翻印必究
ISBN 978-986-272-269-5

城邦讀書花園
www.cite.com.tw

商周出版

廣　告　回　函	
北區郵政管理登記證	
台北廣字第000791號	
郵資已付，免貼郵票	

104台北市民生東路二段 141 號 2 樓

英屬蓋曼群島商家庭傳媒股份有限公司　城邦分公司

請沿虛線對摺，謝謝！

商周出版

書號：BX4208　　書名：愛很好，也很壞　　編碼：

商周出版

讀者回函卡

謝謝您購買我們出版的書籍！請費心填寫此回函卡，我們將不定期寄上城邦集團最新的出版訊息。

姓名：＿＿＿＿＿＿＿＿＿＿＿＿＿＿＿＿ 性別：□男 □女

生日：西元＿＿＿＿＿＿年＿＿＿＿＿＿月＿＿＿＿＿＿日

地址：＿＿＿＿＿＿＿＿＿＿＿＿＿＿＿＿＿＿＿＿＿＿＿＿

聯絡電話：＿＿＿＿＿＿＿＿＿＿＿ 傳真：＿＿＿＿＿＿＿＿＿＿＿

E-mail：＿＿＿＿＿＿＿＿＿＿＿＿＿＿＿＿＿＿＿＿＿＿＿＿

學歷：□1.小學 □2.國中 □3.高中 □4.大專 □5.研究所以上

職業：□1.學生 □2.軍公教 □3.服務 □4.金融 □5.製造 □6.資訊

□7.傳播 □8.自由業 □9.農漁牧 □10.家管 □11.退休

□12.其他＿＿＿＿＿＿＿＿＿＿＿＿＿＿＿＿＿＿＿＿

您從何種方式得知本書消息？

□1.書店 □2.網路 □3.報紙 □4.雜誌 □5.廣播 □6.電視

□7.親友推薦 □8.其他＿＿＿＿＿＿＿＿＿＿＿＿＿＿＿＿

您通常以何種方式購書？

□1.書店 □2.網路 □3.傳真訂購 □4.郵局劃撥 □5.其他＿＿＿＿＿

您喜歡閱讀哪些類別的書籍？

□1.財經商業 □2.自然科學 □3.歷史 □4.法律 □5.文學

□6.休閒旅遊 □7.小說 □8.人物傳記 □9.生活、勵志 □10.其他

對我們的建議：＿＿＿＿＿＿＿＿＿＿＿＿＿＿＿＿＿＿＿＿＿＿

＿＿＿＿＿＿＿＿＿＿＿＿＿＿＿＿＿＿＿＿＿＿＿＿＿＿＿＿

＿＿＿＿＿＿＿＿＿＿＿＿＿＿＿＿＿＿＿＿＿＿＿＿＿＿＿＿

＿＿＿＿＿＿＿＿＿＿＿＿＿＿＿＿＿＿＿＿＿＿＿＿＿＿＿＿

＿＿＿＿＿＿＿＿＿＿＿＿＿＿＿＿＿＿＿＿＿＿＿＿＿＿＿＿